KB004003

—죽음과 같은 정적이 공간을 완전히 지배했다.

내 말에 마르가지아 씨는 조금 망설이다가 그 이야기를 시작했다…

슬레이어즈 13
강마의 이정표

"오호호호호호호호.
어머나. 이런 녀석들을 상대로 고전하고 계시나요?"
오오, 마치 어딘가에서 본 듯한 등장 포즈!!

"오오오오오오오!"
멤피스가 쏜
빛의 궤적을 따라
가우리가
달려 나갔다!

슬레이어즈

13 강마의 이정표

HAJIME KANZAKA 칸자카 하지메

일러스트 | 아라이즈미 루이

번역 | 김영종

목 차

1. 움직임은 있어도 목적은 알 수 없는 마족들

오래전, 싸움이 있었다.

신과 마… 살아 있는 자들과 모든 게 연루된 싸움이.

발단은 아득한 신화까지 거슬러 올라간다.

세계의 존속과 파멸을 걸고 신과 마왕이 싸운 결과….

신은 네 개의 분신을 남기고 죽었고, 마왕은 다섯 명의 부하를 남긴 채 몸이 일곱 개로 나뉘어 봉인되었다.

그리고 지금으로부터 천 년 전.

마왕의 봉인 중 하나가 부활해서 우리들과 신의 분신 하나에 싸움을 걸어왔다.

—사람들은 그것을 강마전쟁이라 부른다.

그리고….

용족의 장로 미르가지아 씨가 말했다.

이것은 강마전쟁의 재현이라고.

때마침 내리기 시작한 비는 점점 기세를 더하더니 지금까지 메말라 있던 대지에 몇 개의 물웅덩이를 만들어냈다.

물방울을 튀기며 투덜투덜 귀가를 서두르는 마을 사람들.

그리고….

작은 마을 한구석에 있는 작은 식당의 문이 소리 내며 열렸다.

"휴우우우우. 소나기야. 소나기…."

망토에 묻은 빗방울을 툭툭 털어내면서 나는 안쪽 테이블로 향했다.

비가 올 것 같다는 엘프 메피의 말에 우리들은 일단 차분히 이야기를 할 수 있는 장소를 찾아 이 마을까지 온 것이다.

그녀의 말대로 갑자기 비가 내리기 시작한 건 마을에 거의 도착했을 무렵이었다.

점심을 먹기엔 너무 늦고, 저녁을 먹기에는 너무 이른 탓인지 지금 들어온 우리 여섯 명 외에 다른 손님은 없다.

그러나 우리들에게는 이런 상황이 더 좋다.

인간으로 변신해서 가죽 갑옷풍의 옷을 입은 미르가지아 씨는 그렇다 쳐도, 이상한 디자인의 새하얀 갑옷을 걸친 엘프 메피는 다른 손님이 있었다면 주목받았을 것이다.

그리고 무엇보다.

다른 손님이 있는 곳에서 마족이니 강마전쟁이니 하는 이야기를 대놓고 할 순 없는 일이다.

우리들은 가게 안쪽에 있는 테이블에 자리를 잡았다.

나와 가우리, 루크와 미리나, 네 사람은 주문을 받으러 온 웨이트리스 아가씨에게 각각 가벼운 음식을 주문했지만….

"거기 있는 손님은요…?"

재촉을 받고서야 비로소.

메뉴판을 보고 있던 메피와 미르가지아 씨는 번갈아 말했다.

"양배추 샐러드요."

"냉수 한 잔만."

"심술 부리는 거지? 너희들…."

저도 모르게 곧바로 핀잔을 날리는 나.

웨이트리스 아가씨도 아연실색한 표정을 지으며 가게 안쪽으로 사라졌다.

"저는 인간 따위와는 달리 다른 동물을 죽여서 먹는 야만적인 취미는 없으니까요."

의연한 표정으로 말하는 메피를 보며 루크의 얼굴에 핏대가 섰다. 그러나.

"넌 단순한 편식이잖느냐. 네 아버지도 난처해하더군."

"아아! 미르가지아 아저씨! 폭로하시면 어떡해요!"

미르가지아 씨의 지적에 작은 소리로 항의하는 그녀.

있긴 있구나, 엘프 중에도…. 자신의 편식을 이론으로 무장해서 속여대는 사람이….

"하지만 그렇게 말하는 댁도 물뿐이잖아."

"우리 용족은 일정 이상의 연령이 되면 음식을 섭취할 필요가 그다지 없다.

하늘과 땅에 있는 기운을 흡수해서 양식으로 삼아간다."

미르가지아 씨가 루크의 물음에 대답하자,

"용족…? 이익! 당신 설마…!"

아, 그러고 보니 루크와 미리나 두 사람에겐 아직 이야기 안 했던가?

"그러고 보니 서로 인사를 안 했구나.

그럼 일단은 간단한 자기소개부터…."

나와 가우리, 루크와 미리나가 순서대로 각각 자기소개를 하는 동안, 웨이트리스 아가씨가 요리를 가져왔다.

"미르가지아다. 카타트 산맥이 보이는 드래곤스 피크에서 모두를 통솔하는 입장에 있지.

알고 있을 거라고 생각하지만 이 모습은 변신 마법을 쓴 임시적인 것에 불과해."

"그랬군…."

미르가지아 씨의 말에 루크는 작게 신음하더니 힐끔 가우리 쪽으로 눈길을 돌리고,

"그래서 '커다란 도마뱀 중 높은 사람'이라고 한 건가?"

"다시 한번 말하지만, '커다란 도마뱀'이라는 말은 삼가주었으면 좋겠는데?"

"우아아아아아! 미안해. 잘못했어!"

어느 틈엔가 미르가지아 씨가 바로 코앞으로 다가와서 누려보자 엉겁결에 손이 발이 되도록 비는 루크.

"그리고…."

그런 소동 따윈 완전히 무시한 미리나의 시선은 나머지 한 사람

에게.

메피가 말했다.

"멤피스예요. 멤피스 라인소드."

…….

잠시 침묵이 흐르고….

"그리고…?"

무심코 재촉… 아니, 핀잔을 날린 나에게 그녀는 시선을 내 쪽으로 돌리지도 않고,

"'그리고'라뇨?"

울컥….

"아니… 그러니까…

자신이 어떤 사람인지 하는 그런 거 있잖아."

"보시는 것처럼 엘프예요. 설명할 것까지도 없잖아요?"

울컥울컥!

"그… 그건 그렇지만…

그래도 메피, 인간관계를 원활하게 하기 위해선 어느 정도 자기소개를 하는 게 보통이잖아? 이상한 취미의 갑옷을 입는 걸 좋아한다든지 제멋대로인 성격에 편식이 심해서 양배추 외엔 못 먹는다든지…."

꿈틀꿈틀!

방실거리며 한 나의 말에 그녀의 이마에 핏대가 마구 섰다.

"메피가 아니고 멤피스예요! 인간 따위에게 애칭을 불리고 싶

지 않다고요! 어쨌거나 알았어요.

그러는 게 인간관계가 원활해질 것 같긴 하네요."

"그렇지? 후후후…."

"세상에는 달이 없는 밤도 있지만 우리들 엘프는 밤눈이 좋다는 걸 아시는지…?"

"그만두거라, 메피."

"하지만 아저씨…."

여전히 불만스러운 얼굴의 멤피스를 무시하고 미르가지아 씨는 작게 한숨을 쉰 후,

"이 애의 가족과는 전부터 알고 지내던 사이인데, 이번에 엘프들도 이변을 느끼고 이곳저곳에서 조사를 시작했다.

그리고 이 애가 내 조사에 참여하게 된 거지."

담담한 미르가지아 씨의 설명에 내 마음속에 불안의 그림자가 번져갔다.

"그렇다는 건, 즉…

엘프들도 같은 의견이라는 거죠?

최근의 소동이 강마전쟁의 재현이라는 것에 대해."

"……."

내 물음에,

잠시 침묵한 후 미르가지아 씨는 고개를 끄덕였다.

그리고 그는 이야기하기 시작했다.

천 년 전에 무슨 일이 있었는지를.

세상에는 불온한 분위기가 가득했다.

몇몇 나라가 전쟁 준비로밖에 보이지 않는 군비 증강을 밀어붙여서, 국경 지대에서는 소규모 전투가 종종 벌어졌다.

그리고.

그런 소규모 전투가 본격적인 전쟁으로 확산되는 데에 특별한 계기는 필요치 않았다.

몇몇 나라가 연관되어 일어난 전쟁.

그 누구도… 얼마 동안은 눈치채지 못했다.

그 당시까지는 어느 정도 인간과 공존하고 있던 엘프들조차.

싸움과 혼란 속에서 마족에 의한 피해가 생겨나기 시작했고… 점점 그 비율이 높아지고 있다는 것을.

사람들이 눈치챘을 때는 이미 늦은 뒤였다.

이미 각국은 피폐해졌고, '영웅'이라 불리던 자들의 대부분은 다른 나라와의… 인간과의 싸움에서 죽어버렸으며,

들판에는 데몬들의 무리가 대량 출몰해서 전쟁에서 살아남은 자들을 유린했다.

얼마나 많은 생명을 잃었는지.

얼마나 많은 국가가 멸망했는지.

인간들 간의 싸움이라며 방관만 하고 있던 용들도 그제야 겨우 사건의 배후에 숨어 있는 존재를 느끼기 시작했다.

돌이켜보면 각국의 무력 증강도 나라의 중추에 침입한 누군가의 계략에 의한 것처럼 느껴졌다.

용, 엘프, 드워프, 인간들.

살아 있는 자들은 연합해서 들판에 넘쳐나는 데몬들의 토벌에 전력을 기울였다.

—그러나.

데몬의 대량 발생조차도 양동 작전의 하나에 불과했다.

사람들의 눈이 들판에 쏠려 있는 동안, 마왕의 다섯 심복이 집결했던 것이다.

당신엔 아쿠아 로드(수룡왕) 라그라디아가 사는 성지였던 카타트 산맥에.

심복들은 아쿠아 로드와의 직접 대결을 교묘히 피하면서 신전을 파괴하고, 성자를 죽이며 카타트를 서서히 죽음의 산으로 바꾸어갔다.

마족의 목표는 아쿠아 로드.

용을 중심으로 한 연합군은 그것을 간파하고 아쿠아 로드를 돕기 위해 카타트 산맥으로 향했고.

그리고 마왕이 나타났다.

"예…?"

미르가지아 씨의 이야기 도중에 나는 얼빠진 소리를 냈다.

"나… 나타났다뇨?

어디에서?"

"모른다."

이봐, 이봐.

천연덕스러운 대답에 나는 황당한 표정을 지었다.

"무슨 일이 일어났는지는 아무도 모를 거다.

마왕이 출현한 장소에 있다가 살아남은 자는 한 명도 없었으니까. 몰래 기척을 숨기고 있었는지, 아니면 무언가의 계기로 봉인이 풀린 건지….

어쨌거나 루비 아이 샤브라니구두의 기척이 별안간 카타트 산속에서 나타났다.

그리고…

우리들의 승리는 끝나버렸지.

헬마스터(명왕) 피브리조의 부하인 명신관은 죽였지만 우리 용족은 수신관 제로스에 의해 거의 전멸…. 엘프와 드워프, 그리고 인간의 정예 부대도 각각 고립되어 연락이 끊겼다.

악전고투를 하고 있던 그 상황에서 샤브라니구두가 부활했으니 승리는 불가능했다.

그 후엔… 전설에 나오는 대로,

카오스 드래곤(마룡왕) 가브가 쓰러지고 명강군과 아쿠아 로드는 죽었으며 부활한 샤브라니구두는 아쿠아 로드의 얼음 속에 갇혔다.

그것이 어떤 싸움이었는지…

그 또한 목격자는 없다.

아는 이는 신과 마뿐이겠지….”

모두 더 이상 아무 말도 하지 않았다.

나와 가우리 외엔 요리에 손을 대지도 않고서 가만히 이야기를 듣고 있다.

“딜스 왕국에서 군비를 증강하고 있다는 소식은 듣고 있었다.

그리고 최근 데몬이 대량으로 발생한 사건.

헬마스터 피브리조가 죽어서 마족의 전력이 감소된 지금,

마족들이 이런 일을 하는 이유는 오직 하나,

즉, 강마전쟁의 재현에 의한 습격.

그것이 우리들과 엘프들의 일치된 의견이다.”

“드워프들의 의견은요?”

옆에서 미리나가 물었다.

당연한 질문이다. 미르가지아 씨의 이야기에 따르면 그들도 강마전쟁에서 함께 싸운 동료들이니까.

그 물음에 그는 난처한 얼굴로,

“그들에겐 연락을 취하지 않았다.

강마전쟁 때부터… 지금에 이르기까지 그들 드워프의 개체 수는 급속도로 감소했으니까.

그들을 싸움에 끌어들이고 싶지도 않고, 싸움에 참가시킨다고 해도 솔직히 그리 큰 전력이 되지도 않겠지.

그리고 우리 용과 엘프의 의견이 일치했다고 해서 그것이 사실

이라고 단정할 수도 없다.

그러는 척만 하고 있을 가능성도 충분하니까.

그래서 지금은 우리들을 포함한 몇몇 용과 엘프만이 조사를 위해 각지에 파견된 상태이다.

우리들도 딜스에서 큰 '마'의 기운을 느끼고 조사차 온 거고."

"그리고 우리들과 만난 거로군요."

내 말에 미르가지아 씨는 작게 고개를 끄덕였다.

그리고 문득 무언가가 떠올랐다는 듯.

"그러고 보니 2년 전쯤에도 강한 '마'의 기운을 느낀 적이 있었는데…."

멤피스는 그 말에 고개를 끄덕인다.

"예. 그건 저희들도 느꼈어요. 기척으로 보아 상당한 고위 마족일 것 같았는데…

우리들이 움직이기 전… 나타난 지 하루가 되었을까 말까 할 무렵에 갑자기 기척이 사라져버려서…. 그것이 대체 무엇이었는지는…."

작게 고개를 저으면서 물컵을 입에 가져간다.

"이봐, 리나."

이야기가 끊긴 틈을 보아 나에게 시선을 돌리고 묻는 가우리.

어차피 요 녀석은 또 이야기를 이해하지 못해서 멍청한 질문을 하겠지.

"2년 전쯤이라면… 혹시 우리들이 샤브뭐시긴가 하는 마왕을 해치웠을 때 아냐?"

푸욱!

천연덕스럽게 한 가우리의 그 말에 미르가지아 씨와 멤피스, 그리고 루크와 미리나 네 사람이 일제히 입에 든 걸 내뿜었다.

"너… 너 말이야아아아! 그런 일을 발설하면 어떡해애애애!"

콜록콜록콜록콜록!

"뭐뭐뭐뭐뭐뭐뭐뭐뭐뭐뭐."

심하게 콜록거리는 미르가지아 씨 옆에서 멤피스가 '뭐'라는 단어를 연발하고 있다.

"이… 이봐! 그럼 설마… 루비 아이 샤브라니구두……?! 농담이지?!"

"하지만… 그는 거짓말을 할 사람으론 안 보이는데."

당황하는 루크 옆에서 미리나가 냉정함을 가장하고 있지만 식은땀을 흘리며 그렇게 말했다.

"뭐… 확실히… 이 형씨에게 거짓말을 할 지혜가 있을 거라곤 생각되지 않지만….

하지만 어떻게 해치운 거지? 그런 녀석을."

"음… 그게 말야…."

나는 주목하는 미르가지아 씨와 멤피스를 힐끔 쳐다보고 뒤통수를 벅벅 긁으면서,

"빛의 검… 아니, 다크 스타의 무기인 고른노바(열광의 검)를 써

서 로드 오브 나이트메어의 불완전 주문의 힘을 증폭시켰어♡ 헤헤♡"

홈칫!

나의 그 말에 미르가지아 씨와 멤피스는 완전히 경직되었다.

그럼 역시 두 사람 모두 다크 스타와 로드 오브 나이트메어에 대해 알고 있다는 말이 되는군.

그에 대해 모르는 루크와 미리나는 약간 눈살을 찌푸렸을 뿐.

"뭔지 모르지만… 어쨌거나 대단한 일을 벌인 거지?"

"'대단한'이란 말로 끝날 문제가 아니에요오오오오오!"

루크가 흘린 중얼거림에 멤피스가 절규했다.

"다다다다다다다다당신! 대체 무슨 짓을?!

당신이 무슨 짓을 했는지 알아?!

잘못하면 세상이 끝장났을지도 모른다고!"

어지간히 흥분했는지 말투까지 완전히 바뀌었다.

"아니…, 그 당시엔 나도 잘 몰라서…."

"잘 알지도 못하는 주문을 무턱대고 쓰면 어떡해애애애애애! 이러니까 인간은…!"

"자, 자, 다 끝난 이야기잖아."

"반성하고 있지 않잖아아아아아!"

과거를 반성하려고 하지 않는 나의 태도에 점점 더 흥분하는 멤피스.

옆에선 여전히 미르가지아 씨가 딱딱하게 경직되어 있는 상태이다.

으음…. 이 상태라면 '헬마스터를 해치웠을 때에도 로드 오브 나이트메어에게 몸을 빼앗겼는데♡'라고 말하지 않는 편이 좋을 것 같다.

"지금 문제는 그게 아니잖아."

멤피스의 흥분에 물을 끼얹은 건 미리나의 무덤덤한 한마디였다.

"중요한 건 앞으로 어떻게 하느냐 하는 거야."

"그… 그건 그렇군.

이… 일단 메피, 그녀를 책망하는 건 언제든 가능하니까

지금은 그보다도…."

"아…

알았어요…. 미르가지아 아저씨…."

겨우 정신을 되찾았지만, 아직 목소리에 떨림이 남은 미르가지아 씨의 말에 멤피스는 마지못해 고개를 끄덕였다.

미르가지아 씨는 일동을 주욱 돌아보고 말했다.

"너희들은 패왕장군 쉐라를 해치웠다고 했지만

만약 마족이 노리는 게 예상대로 강마전쟁의 재현이라면…

아마 계획은 멈추지 않았을 것이다.

—가능하면—

우리들을 도와주길 바란다, 인간들이여."

쏟아지는 빗소리만이 밤공기를 진동시키고 있었다.

마을에 하나뿐인 여관.

1층 술집은 별로 장사가 안 되는지 아니면 비 때문인지 아직 이른 밤인데도 인기척이 끊기고 소음도 사라진 상태였다.

그리고 보니 저녁을 먹었을 때에도 우리들 외엔 거의 손님이 없었던 것 같다.

후우….

옷걸이에 망토를 건 후 나는 깊은 한숨을 쉬고 침대에 벌렁 드러누웠다.

왠지… 또 성가신 일에 말려든 것 같아….

천장에 걸려 있는 램프를 멍하니 바라보면서 속으로 작게 중얼거렸다.

―결국.

우리들은 거절하지 못하고 미르가지아 씨의 조사를 돕게 되었다. 루크는 "공짜로 일하는 건 사양하겠어"라고 투덜거렸지만 미르가지아 씨의 "만약 강마전쟁이 재현되어 마왕이 다시 부활한다면, 돈을 둘째치고 모든 살아 있는 자들의 목숨이 사라질지도 모른다. 너도, 네 파트너도"라는 설득에 미리나의 시선을 의식하면서 고개를 끄덕일 수밖에 없었다.

그렇긴 해도 완전히 공짜로 일하는 건 아니다.

협력해준다면 용족과 엘프족이 공동으로 개발한 무기를 우리들에게 나누어준다고 했으니까.

물론 멤피스는 싫은 얼굴을 했지만 미르가지아 씨의 '전체적인 전력 향상을 위해서'라는 말에 결국 아무 말도 하지 않았다.

그렇다면 용과 엘프가 공동 개발한 무기는 우리들의 것!

그 무기가 얼마 정도의 가치를 가지고 있는지 생각해보면 엄청 날 게 분명하다!

뭐니 뭐니 해도 마력과 지식에 관해선 인간을 훨씬 초월하는 용과 엘프가 힘을 모아서, 그리고 아마도 마족을 상대하기 위해 만든 물건일 테니 말이다!

어지간한 마검이나 요도 따윈 아마 발끝에도 미치지 못할 터!

사건을 해결한 후에 철저하게 연구해서 단물이 다 빠지면 비싼 값에 팔아치워야지!

…….

하지만 그 사건을 해결하는 게 사실 가장 성가신 문제인데….

어쨌거나 마족에게 싸움을 거는 것이다. 게다가 상대는 틀림없이 조무래기 마족 따위일 리가 없으니.

패왕장군 같은 거물이 허드렛일을 할 정도의 계획이니 계획을 지휘하고 있는 진짜 적은 아마도….

마왕의 다섯 심복 중 하나인 다이나스트(패왕) 그라우쉐라.

아니, 최악의 경우 모든 마족을 적으로 돌릴 가능성도 생각할 수 있다.

유일한 위안거리가 있다면 해치우는 게 아니라 어디까지나 조사가 목적이라는 것 정도인데….

조사를 하다 보면 놈들과 충돌하지 않을 가능성은 거의 없는 거나 마찬가지.

…….

으음… 이렇게 생각하면 역시 조금 무모했던 것일지도….

그러나 미르가지아 씨의 말대로 마왕이 강림하기라도 하면, 그땐 정말 수습이 안 되는 것도 사실.

예전에 마왕과 싸웠을 때에는 여러 가지 요소가 겹쳐져서 어떻게 해치우긴 했지만 다음에도 그렇게 잘 풀릴 거라고 기대할 순 없다.

그렇다면 그런 사태가 일어나는 것만은 어떻게든 막아야 한다.

'난 모르니까 미르가지아 씨가 잘해 봐요♡'라고 말하면서 그냥 넘길 수는 없는 일이다.

해야만 한다. 하지만 하고 싶지 않다.

그런 생각을 머릿속에서 이리저리 굴리고 있을 때….

"……?"

그 생각을 중단시킨 건 떨어지는 물방울 소리였다.

아직까지 그치지 않은 빗소리가 아니다.

물방울이 떨어지며 바닥을 치는 소리는 창과는 반대편 ··,

여관 복도에서 들려오고 있었다.

비가 새는 게 아닐까 생각했지만 아닌 것 같다.

비가 새는 소리라면 복도를 따라 조금씩 이쪽으로 다가올 리 없으니까.

—그렇다면.

묘한 예감이 등을 타고 내려왔다.

나는 다시 망토를 걸치고 쇼트 소드를 든 채 발소리를 죽이고 방문으로 향했다.

살며시 귀를 기울여보았지만 발소리 같은 건 들리지 않는다.

그러나 물방울이 떨어지는 소리는 확실히 다가오고 있었다.

만약 그곳에 무언가가 있다고 해도 어쩌면 나와 상관없는 것일지도 모른다.

허나 반대로 관계가 있을 가능성도 있다.

그렇다면 여기선 확인해보는 수밖에.

뚝… 뚝….

물방울 소리에 의식을 집중해서 리듬을 읽다가….

덜컥!

나는 방문을 열어젖히고 복도로 뛰쳐나왔다!

뚝….

물방울이 복도 바닥을 때렸다.

오렌지빛 램프로 부옇게 밝혀진 채 똑바로 뻗은 복도에는 누구의 모습도 보이지 않았다.

그러나….

"……?!"

시야에서 무언가가 움직였다.

램프 갓이 만든 그림자 속….

―천장?!

나는 시선을 들고….

이이익?!

소리를 지를 뻔한 걸 꿀꺽 삼키고 반발짝 뒤로 물러났다.

램프의 검댕으로 그을리고 반쯤 어둠에 묻혀 있는 천장에 여자의 목이 거꾸로 매달려 있었다.

작게 흔들리는 검고 길게 뻗은 머리카락.

단정한 얼굴에 초점 없이 흐릿한 눈동자.

혈색을 잃고 작게 벌린 그 입에서 물이 흘러나와 머리카락을 타고 복도 바닥에 떨어져 흩어졌다.

뚝….

그리고 목 밑에는 뿌리인지 혈관인지 모를 게 무수하게 뻗어 꿈틀거리며 천장에 달라붙어 있었다.

물론 이런 게 정상적인 생물이나 정상적인 시체일 리가 없다.

생각할 수 있는 건 오직 하나.

다시 말해 마족.

"리나 인버스냐…?"

그것은 어둡고 높은 곳에서 나를 내려다보며 물속에서 말하는 것처럼 탁한 목소리로 중얼거렸다.

"?!"

그 말이 떨어지는 것과 동시에 나는 주저 없이 주문 영창을 개

시했다.

물론 나에게 이런 친구는 없다. 그럼에도 마족이 내 이름을 알고 있다는 말은….

분명히 말해, 적이다.

그러나 내 주문이 완성되기도 전에.

그것의 살기가 부풀어 올랐다!

곧바로 옆으로 피하는 나!

찰나.

촤아악!

그것의 입에서 뿜어 나온 대량의 물이 분수가 되어 방금 전까지 내가 있던 장소를 휩쓸었다!

이이익! 왠지 엄청 지저분한 공격!

눈살을 찌푸리는 내 귀에 콰당 하고 무언가가 쓰러지는 소리가 들려왔다.

그쪽으로 힐끔 눈길을 돌려보니….

내가 나왔던 방의 방문이 비스듬하게 잘려나가 바닥에 뒹굴고 있었다.

으음, 방금 그 물줄기는 보통 검 이상으로 예리하다는 건가.

그러나 그 점을 알면 대응책은 얼마든지 있다!

그리고 무엇보다도 일격에 해치우면 아무 문제도 없고!

"제라스 브리드[獸王牙操彈]!"

내가 만들어낸 빛의 구슬이 거꾸로 매달린 머리를 향해 일직선으로 날아갔다!

순간 뿌리 몇 개가 천장에서 떨어지더니 다가오는 빛의 구슬을 휘감았다!

―어림없는 수작!

그레이터 비스트(수왕)의 힘을 빌린 이 술법은 그런 것으로 막을 수 있는 약한 술법이 아니다!

팟!

빛은 휘감은 뿌리를 너무나 쉽게 날려버리고 그대로 머리에 명중했다!

콰직!

여자의 머리가 날아가며 대량의 물이 주위에 흩뿌려진다.

천장에 달라붙어 있던 뿌리가 경련하더니….

―쑤욱.

뿌리 끝에서 새로운 여자의 머리가 순식간에 만들어졌다!

이이이익! 뭐야, 이게에에?!

잔뜩 쫄아 있는 나를 똑바로 바라보며 그것의 입이 크게 벌어졌다. 그때.

푸욱!

한 줄기 은광이 번뜩이면서 여자의 머리가 주변에 물을 흩뿌리며 다시 날아갔다.

"가우리!"

"꽤 개성적인 미인인데. 네 친구야? 리나."

어느 틈에 나타났는지 조용히 그곳에 서 있는 사람은, 이름도 없는 마검을 한 손으로 겨누고 있는 긴 금발 전사의 모습.

잠옷 위로 브레스트 플레이트(가슴 갑주)를 걸친 얼빠진 차림이 아니었다면 제법 멋있었겠지만….

"친구가 아니야. 그쪽은 나를 알고 있는 모양이지만.

어쨌거나 입에서 내뿜는 물을 조심해."

"알았어."

"익…!"

잡담을 나누던 나와 가우리 두 사람이 동시에 작게 신음했다.

그것이 다시 여자의 머리를 만들어냈던 것이다.

무려 다섯 개 정도를 동시에.

아무리 마족이 인간이 아니라는 걸 안다고 해도, 거꾸로 매달린 채 입에서 물을 내뿜는 여자의 머리들이 흐릿한 시선으로 바라보면 으스스할 수밖에 없다.

"왠지… 엄청 많이 만들어졌는데?"

"서비스 정신이 투철한가 보지. 뭐, 머리가 약점이 아니라는 것만은 분명한 것 같아!"

말하고 나서 주문을 외우는 나.

동시에 가우리도 마족을 향해 돌진했다!

촤아악!

그것의 입에서 몇 줄기 물이 뿜어 나와 바닥과 벽을 베어버렸다.

필사적으로 몸을 피하면서 나는 주문을 외웠고 가우리는….

"하앗!"

촤악! 촤악!

물줄기를 절단하고 피하면서 그 마족에게 다가갔다.

검을 두 번 휘둘러 모든 머리를 날려버리고 공격력을 빼앗은 후….

"리나!"

크게 뒤로 물러나서 나에게 신호를 보낸다!

나이스, 가우리! 내 주문 영창은 끝나 있었다!

그리고 나는….

"블래스트 애시[黑如陣]!"

뒤쪽을 향해 주문을 쏘았다.

술법이 만들어낸 검은색의 무언가가 그 안에 있는 모든 존재를 파멸시킬 것이다.

그러나.

후욱.

퍼져 있던 어둠이 한순간에 한 점으로 모이더니 사라졌다.

—새롭게 출현한 마족의 손바닥으로.

인간 남자 같은 체형이었지만 얼굴이 있어야 할 부분에는 꿈틀대는 뿔 같은 게 빽빽하게 돋아나 있는 마족이었다.

나는 그것의 기척을 느끼고 뿌리 머리 마족에게 술법을 날리는 척하다가 뒤쪽에 기습을 가한 것인데… 역시 그것이 통할 만큼 만만한 상대는 아닌 모양이다.

"…왜 놀고 있는 거냐, 미안조.

명령을 신속하게 수행해라."

내 공격 따윈 마치 별것 아니라는 듯한 어조로 뿔 달린 마족이 말했다.

뿔밖에 없는 머리로 어떻게 말을 하고 있는지는 모르겠지만 아무튼 상대는 마족이니 입이 없다 해도 말은 할 수 있겠지.

"그럼… 조금 세게 간다, 첼조나그…."

뿌리 머리… 아니, 머리를 잃은 뿌리뿐인 마족 미안조가 그렇게 대답했다.

—익, 잠깐 기다려! 마족의 '조금 세게'는 장난이 아닐 것 같다는 생각이…!

그러나 나와 가우리가 그에 반응하기도 전에.

콰아아아아아아!

엄청난 섬광이 여관 건물을 날려버렸다!

"에구구구구구…."

부스럭부스럭 나뭇조각과 흙더미를 파헤지고 나는 땅 위로 얼굴을 내밀었다.

쏴아….

동시에 비가 온몸을 때렸다.

―놈들은?!

나는 황급히 주위를 둘러보고,

그리고 발견했다.

쏟아지는 빗속에 멈춰 서 있는 마족 두 마리의 모습을.

미안조는 땅에서 난 덩굴이 휘감긴 듯한 모습으로 변해서 그 중간 지점에 역시 여자 머리를 거꾸로 매달고 있었다.

그들은 내 쪽을 보고(?) 있지 않았다.

두 마리가 대치하고 있는 상대는….

"왜… 이런 곳에 용이 있는 거지?!"

첼조나그의 목소리에는 분명한 동요의 기색이 섞여 있었다.

"설명할 필요도 없다."

미르가지아 씨는 엄숙히 말했다.

"너희 마족의 흉계를 우리들이 모를 거라 생각한 거냐?"

"그럼… 전력을 다할 수밖에 없겠군."

미안조가 흐릿한 목소리로 중얼거린 그 순간.

우웅.

벌레 날개 소리와 비슷한 소리를 내며 미안조의 몸이 한순간 흔들렸다.

동시에 미르가지아 씨의 주위에 여러 개의 작은 빛이 번뜩였다!

공간을 이동한 공격… 아니, 아스트랄 사이드에서 직접 공격한 건가?!

만약 아스트랄 사이드에서 공격하는 거라면 아무리 용족이라고 해도…!

"소용없다."

그러나 내 우려를 씻어내듯이 미르가지아 씨가 가볍게 한 손을 휘둘렀다.

그렇다. 그저 한 손을 휘둘렀을 뿐 특별한 일을 한 것도 아니었다. 그저 그것만으로도….

"이… 럴 수가…."

미안조는 작게 비틀거리며 놀란 신음을 흘렸다.

─이건?!

관객인 나를 내버려둔 채 아스트랄 사이드에서의 공방전?!

인간으로서는 이해할 수조차 없는 수준에서 전개되는 자신의 영혼을 건 사투….

그렇지만 이해를 할 수 없는 까닭에 지켜보고 있어도 별로 재미는 없다.

"아무리 용이라고 해도 방금 그 공격을 그렇게 쉽게 튕겨내는 건…!"

"우리들도 언제까지나 변하지 않는 존재는 아니다.

생명이 있는 자는 너희들과 달리, 변화를 받아들이고 진보하는 힘을 가지고 있지.

너희들의 힘을 알고 있으면 그에 대항할 힘을 만들어내는 게 당연지사.

그뿐이다."

"그렇군. 그렇다면…."

그렇게 말한 첼조나그의 머리에 있는 뿔이 삐걱거리기 시작했다.

삐걱삐걱삐걱!

그것은 귀에 거슬리는 소리를 내면서 순식간에 미르가지아 씨를 향해 뻗어갔다!

그리고 다시 흔들리는 미안조의 몸!

정신세계와 현실 세계의 동시 공격?!

—그러나.

마족들은 모르고 있었다.

적은 미르가지아 씨 한 사람만이 아니라는 것을.

좌악!

"크악!"

어두운 밤을 가르는 하얀 빛이 첼조나그의 길게 뻗은 뿔을 모조리 태워버렸다.

"아… 닛…?!"

고개를 돌리자 그곳에는 희고 이상한 디자인의 갑옷을 걸친 멤피스의 모습!

"말도 안 돼! 엘프라니! 그럴 리가…!"

멤피스는 경악하는 첼조나그를 거들떠보지도 않고 들고 있던 왼손을 내리더니 오른손으로 갑옷의 허리 왼쪽 부품을 제거했다.

이렇게 보니 찌그러진 형태의 하얀 검으로 보이기도 했다.

"디스 실드[封印解除]! 마나 컨버전[魔力收束]!"

그녀는 그것을 어림짐작으로 겨누더니….

"제나프 슬레이드!"

칼을 휘둘러 허공을 베었다!

그리고 곧바로….

"커헉!"

첼조나그의 비명이 울려 퍼졌다.

빛의 충격파는 공간을 뛰어넘어 첼조나그의 몸 안에서 등을 뚫고 밖으로 튀어나왔다.

"큭…!"

무너지며 재로 변해 산산이 흩어지는 첼조나그를 보고서 불리함을 깨닫고 신음하는 미안조.

그때…

"카오틱 디스틴그레이트."

미르가지아 씨가 쏜 빛줄기가 밀려들었다!

"……!"

비명조차 지르지 못하고 미안조의 모습이 빛 속으로 사라져갔다. 빛이 사라진 곳에는….

더 이상 아무것도 남아 있지 않았다.

"어… 엄청나네."

뒤쪽에서 중얼거리는 소리에 돌아보니 대체 어느 틈에 나타났는지 가우리, 루크, 미리나 세 사람이 나란히 서 있었다.

아무래도 좀 전의 중얼거림은 루크가 흘린 것 같은데….

"너희들!

왜 돕지도 않고 멍하니 보고만 있었던 거야!"

"너도 멍하니 보고만 있었잖아."

"우…."

루크의 핀잔에 말문이 막히는 나.

"아… 아니, 그게…

왠지 사태가 너무 빨리 진행되어서 나도 모르게 그만….'

"나도 마찬가지야."

이번엔 가우리.

"하지만 과연 대단해. 마족 두 마리를 눈 깜짝할 사이에 해치우다니."

"아니…, 한 마리다."

미리나의 감탄한 듯한 말을 정정하고 나선 건 다름 아닌 미르가지아 씨였다.

"뿌리 같은 녀석은 죽기 직전 도망쳤다. 다소 부상을 입히긴 했지만."

"괜찮아요, 아저씨. 만약 또 오면 다시 해치우면 되니까요."

검인지 뭔지를 허리에 다시 차면서 이쪽으로 걸어오는 멤피스.

"하지만 대체 녀석들은 무얼 위해서…?"

"자세한 이야기는 나중에 해.

어쨌거나 지금은 이곳을 뜨는 게 우선이야."

그녀의 말허리를 끊은 나에게 멤피스는 경멸의 시선을 보내더니,

"당신, 혹시 마족의 복수가 두려운 건가요?"

"누가 그런 잠꼬대를 해.

이 자리에 있으면 성가셔진다고 말하는 거야, 난.

혹시 이곳이 마을 안이라는 사실을 잊은 건 아니겠지?"

""아….""

나의 말에 모두가 그제야 생각났다는 듯이 한 목소리로 대답했다.

"후우…. 여기까지 오면 쫓아오지 않겠지."

완전히 범죄자 같은 대사를 읊으며 내가 발을 멈춘 건 마을을 벗어난 숲 속에서 겨울비를 피할 수 있을 만한 곳을 발견한 후의 일이었다.

―물론 빗발은 꽤 약해져 있었지만.

"하지만… 도망친 게 오히려 화가 되지 않을까?

오히려 의심만 더 받을 것 같은데….

숙박부에 이름도 적혀 있고…."

"신경 쓸 필요 없어요."

가우리의 의견에 멤피스는 젖은 머리카락을 매만지면서 아무렇지도 않게 말했다.

"저는 숙박부에 본명을 적지도 않았고."

뭐야, 이 여자.

"하지만 그곳에서 성가신 일에 말려들어봤자 도움이 되지 않는다는 건 분명해."

이번엔 미리나.

"아무리 여관을 부순 게 마족이라고 주장해도 그 증거가 없으니 관리가 그 말을 믿어줄 것 같지 않아.

어쩌면 목격자 정도는 있을지 모르지만 분명히 말해서 도움이 안 되겠지.

이런 상황에서 용족인 미르가지아 씨와 엘프족인 멤피스 씨까지 있으니,

만약 관리가 편견이 심한 사람이라면 여관을 부순 건 그들의 소행으로 단정할 우려도 있어."

그렇다. 그리고 실제로 마족과 싸웠을 때 미르가지아 씨와 멤피스의 공격 여파로 여관 옆에 있던 담벼락이 박살 나기도 했고….

"뭐, 확실히 미리나의 말대로야.

마족이 저지른 일 때문에 불평을 듣고 시간을 낭비할 순 없는 일이지."

미리나에 대해서는 무조건적인 예스맨인 루크가 고개를 끄덕거렸다.

"한 가지 오해가 있는 것 같아서 말해두겠는데."

미르가지아 씨는 표정 하나 바꾸지 않고,

"여관을 부순 건 마족들이 아니라 메피였다."

…….

모두 잠시 침묵했고….

─일단 나는 물어는 보았다.

"저기… 농담… 이죠? 그거…?"

"아니, 농담이 아닌데.

표정을 보면 알 수 있지 않나?"

도저히 모르겠다.

이해할 수 없는 농담을 할 때에도 이 아저씨는 진지한 얼굴이었으니.

아…?

"뭐라고요오오오오?!

그럼 그건 정말로…."

"당신들이 마족들과 싸우고 있다는 걸 알고 엄호해준 거예요.

생각보다 건물의 강도가 약해서 그렇게 되어버렸지만.

여관에서 사상자는 나오지 않았으니까 문제는 없지 않나요?"

털끝만큼도 반성하는 기미가 없이 말하는 멤피스.

그래놓고 자기만 숙박부에 본명을 안 적었다고…?

엄청나게 성질 더럽구나, 이 녀석….

"뭐, 그런 건 아무래도 좋은데,

문제는 어째서 마족들이 당신들을 습격했느냐 하는 거군요."

여관 주인이 들었다면 틀림없이 뒤에서 칼 맞을 대사를 토해내면서 멤피스는 화제를 돌렸다.

뭐, 여기서 여관을 파괴한 책임을 추궁해봤자 별로 의미가 없는 건 분명하지만….

"그래. 놈들의 목적이 마음에 걸리는군."

우와, 미르가지아 씨까지 동조하고 있고.

으음… 용과 드래곤은 건물, 아니, 생활공간에 대한 가치 기준이 역시 인간과 다른 건가?

"하지만 역시 여관을 부숴놓고 나 몰라라 하는 건 좋지 않다고 생각하는데."

움찔….

가우리가 지나가는 어조로 한마디 하자 미르가지아 씨와 멤피스 두 사람은 한순간 경직되더니,

"뭐… 형태가 있는 건 언젠가는 파괴한다는 말도 있잖아요?"

"으… 음, 현재 상황을 보면 역시 지금은 현상 파악과 다가올 사태의 예측이 선결이라고 생각해."

뭐야…. 결국 두 사람 모두 현실 도피를 한 것뿐이잖아….

"뭐, 여관이 파괴된 것과 두 사람의 양심 문제는 나중에 이야기하기로 하고…."

미리나의 발언에 두 사람은 다시 움찔했지만 그녀는 전혀 개의치 않고,

"먼저 검토해야 할 건 왜 습격받았느냐는 거야.

이러고 있는 동안에도 마족이 다시 습격할 가능성이 있는 이상, 습격받은 이유를 파악해두는 편이 대처하기 쉬울 테니."

"실마리라고 할 수 있을지 없을지 모르겠지만…

적은 적어도 내 얼굴과 이름을 알고 있었어."

내 말에 가우리는 뺨을 긁적이면서,

"그럼 복수하러 온 거 아닐까?

전에 쉐라인가 하는 마족 간부를 해치웠잖아.

그 복수를 위해…."

아… 또 아무런 생각이 없구나, 이 남자는….

"그건 있을 수 없는 일이야.

마족에게 원수를 갚는다는 끈끈한 감정이 있을 거라곤 생각할 수 없는데."

"맞아, 맞아.

그리고 애당초 복수를 할 생각이었다면 겨우 그 조무래기 마족 두 마리를 보낼 리가 없잖아.

어째 됐건 우리는 패왕장군을 해치운 몸이니까,

진짜 복수를 할 생각이었다면 나름대로 전력을 갖추어 보냈겠지."

미르가지아 씨의 말에 나도 고개를 끄덕였다.

"그럼 녀석들은 어째서 습격한 거지?"

"으음…, 그걸 모르니까 고민하는 거 아냐….

아, 그러고 보니 나중에 나온 녀석… 멤피스가 해치운 그 녀석이 명령은 신속하게 수행하라고 그랬어."

"다시 말해 얼른 너를 해치우라는 말인가?"

그러나 루크의 말에 나는 고개를 젓고,

"말투로 봐선…

쓸데없는 짓 하지 말라는 의미에 더 가까웠던 것 같은데…"

"즉,

그들의 목적은 딴 데 있었는데 어쩌다 우연히 네 이름을 알고 있었을 뿐이었다는 거야?"

이번엔 미리나.

"가능성은… 없지 않다고 봐.

둘 다 내가 모르는 상대였지만 가이리아 시티에서 우리들을 찾던 마족 중 우리가 만나지 못했던 마족이었을 수도 있으니까. 그래서 내 얼굴과 이름을 알고 있었던 거겠지."

"목표는 당신들이었지만 우리들에게 겁을 먹고 도망쳤을 가능성도 충분히 생각해볼 수 있어요."

'충분'이라는 대목을 매우 강조하면서 왠지 거만하게 말하는 멤피스.

"인간 따위가 상대라서 얕보고 있었거나, 동료를 어딘가에 숨겨놓았던 거죠.

그런데 예상외의 전력… 다시 말해 저와 미르가지아 아저씨에게 놀라서 꼬리를 말고 도망친 거예요.

가능성이 높은 이야기 아닌가요?"

확실히 가능성이 높은 이야기이기는 하다.

그렇긴 하지만… 왠지 열받는다, 그 말투.

뭐… 그건 둘째치고….

"그… 그렇다면

마족이 다시 한번 나를 노리고 올 위험은 적다는 말이구나…."

"그렇겠죠. 당신이 생각하는 만큼 마족들이 당신을 중요시하고 있을 거라곤 생각할 수 없으니."

머리카락을 쓸어 올리며 말하는 멤피스.

이… 이 여자가….

"그래.

단서도 적으니 이번 사건은 아무래도 신경 써봤자 별수 없을 것 같아…."

조금 뺨을 실룩거리면서도 나는 최대한 나긋나긋한 말투로,

"그럼 두 번째 주제인,

'여관을 부순 건 누구 잘못인가'에 대한 화제로 넘어가볼까?"

"자… 잠깐!

어째서 그렇게 되는 거죠?!"

"당연하잖아. 우리들은 숙박부에 이름을 적은 몸이라고.

범인으로 몰려 수배라도 당하면 어떡해.

그럴 바엔 차라리 어딘가의 썩어 빠진 근성의 엘프를 진범으로 고발하고 본인에게 직접 죗값을 치르도록 하는 게 가장 좋은 해결 방법이라고 생각하는데."

내 의견에 멤피스는 한순간 움찔했지만, 곧 날카롭게 내 쪽을 노려보더니,

정답

"저로선 여관 안에서 마족과 싸움을 벌인 분별없는 사람이 책임을 져야 한다고 생각하는데요?"

"호오오오오….

아무래도 나와 너는 의견이 조금 다른 것 같구나."

"아무래도 그런 것 같네요.

뭐, 저로선 사려가 부족한 어떤 분과 똑같은 생각을 하지 않아서 오히려 안심이 되지만요."

"아, 그러셔요? 후후후후…."

"차분히 이야기를 나눌 필요가 있을 것 같네요. 후후후후후…."

얼굴과 얼굴을 맞댄 나와 멤피스 두 사람의 시선이 불꽃을 튀겼다. 키가 작은 만큼 내 쪽이 조금 불리하긴 했지만.

"저기… 이건 내 생각인데…."

그런 우리들을 바라보면서 가우리가 옆에 서 있는 루크에게 물었다.

"혹시 저 두 사람…, 사이가 안 좋은 거 아냐?"

"정답."

그 질문에 루크는 한숨을 쉬며 대답했다.

"뭐지? 저게…?"

가우리가 가도 저편을 바라보면서 갑자기 그렇게 중얼거린 건 점심나절의 일이었다.

여관을 파괴한 멤피스의 만행을 내가 세치 혀를 써서 야생 데몬의 소행으로 뒤집어씌우고 겨우 모든 일을 원만하게 마무리 지은 다음 날이었다.

일단 우리가 향한 곳은 엘프의 마을. 목적은 무장 강화. 장소는 가이리아 시티를 조금 지난 곳.

우리들에게는 왔던 길로 되돌아가게 되는 셈이다.

다시 말해 가우리가 눈으로 가리킨 방향에는 그제쯤 통과한 마을이 있는 셈인데….

"저거라니…?"

"연기… 같은 게 보이는데."

"……!"

가우리의 말에 나와 루크와 미리나는 얼굴을 마주 보았다.

그의 이상하리만큼 좋은 시력을 이 세 사람은 알고 있다.

"연기…? 나에겐 안 보이는데…."

"그래요. 무언가 착오가… 아! 잠깐?!"

그렇게 말하는 미르가지아 씨와 멤피스를 내버려둔 채 네 사람이 달려 나갔다.

"확실한 거야?"

"틀림없어요!"

허겁지겁 뒤쫓아와서 묻는 미르가지아 씨에게 나는 단호하게 대답했다.

"가우리는 머리하고는 달리 눈 하나는 확실하다고요!"

"이봐…, 리나….."

"그렇군. 그렇다면야…."

가우리의 항의를 가로막으며 미르가지아 씨가 말했다.

"느긋하게 달리고 있을 때가 아니겠지."

"예…?"

"로라자로드."

미르가지아 씨가 중얼거린 그 순간.

구웅!

잡아당겨지는 듯한 감각과 함께 시야가 급변했다!

"아닛…?"

무심코 소리를 지른 사람은 나뿐만이 아니었던 것 같다.

우리들은… 상당히 빠른 속도로 길을 달리고 있었던 것이다.

발을 움직이고 있지 않음에도 불구하고.

"놀랄 것 없어요. 미르가지아 아저씨의 술법이니까."

멤피스는 팔짱까지 낀 채 여유로운 얼굴로 말했다.

아래쪽으로 시선을 돌리자 여전히 발은 땅에 붙어 있었다.

멈춰 있는 상태 그대로.

그러나 우리들 일행은 계속 전진하고 있다.

설마… 베피모스(대지의 정령)에 간섭해서 발밑에 있는 땅을 통째로 움직이고 있는 건가?! 이니…, 그렇나년 바람이 느껴져야 정상인데…. 그럼 바람에도 동시에 간섭을?!

만약 그렇다면 엄청나게 고위 수준의 술법이다.

본디 움직이지 않는 지면을 다른 장소와의 뒤틀림을 만들지도 않고 제어해서 고속으로 이동시키고 있는 거니까.

그리고 바람의 결계를 펼친 기색이 없는 이상, 지면이 이동하는 속도와 방향에 맞추어 바람을 제어하고 있다는 말이 된다.

으음… 용의 마력은 인간에 비해 장난이 아니라는 말을 듣긴 했고, 머릿속으로도 분명히 이해하고 있었지만….

단순히 이동만을 위해서 이런 레벨의 술법을 주문 영창도 없이 쓴다는 것은….

…….

아… 잠깐….

"미르가지아 씨, 이 술법 어디서 배웠나요?

본래 용이라면 지면을 움직여서 이동하는 술법 따윈 필요 없지 않나요?

하늘을 날아서 가면 되니…."

이렇게 묻는 나에게 미르가지아 씨는 천연덕스럽게,

"아, 메피와 함께 여행을 시작한 후로는 인간 모습을 하고 있으니 말이야.

이동이 불편해서 이런 술법을 만들어보았지."

만들어보다니…. 이 아저씨…,

이게 무슨 '편리한 생활의 지혜'인가?

용이란… 역시 대단한 존재였구나.

내 머릿속에선 그저 마족에게 당하는 역할이라는 이미지였는데….

"연기로군. 확실히."

그 미르가지아 씨가 작게 중얼거린 건 전진하기 시작한 지 얼마 지나지 않아서였다.

이 거리까지 오자 우리들에게도 뚜렷하게 보였다. 확실히 가우리의 말대로 가도가 뻗어 있는 쪽 하늘로 회색 연기가 몇 줄기 피어오르고 있었다.

그 연기는 부쩍부쩍 다가왔고….

"보인다!"

작은 언덕을 넘었을 때 누군가가 그렇게 외쳤다.

완만한 언덕의 기슭. 펼쳐진 숲 근처에 작은 마을이 있었다.

―불꽃과 혼란에 휩싸인 채.

이 거리에서도 도망쳐 다니는 사람들의 모습이 보였다.

그리고… 파괴를 일삼는 레서 데몬들의 무리가.

맞서 싸우는 자도 있는 듯하지만 데몬의 숫자가 너무나 많다. 그리고 숲 속에서도 계속해서 새로운 데몬들이 튀어나오고 있는 듯하다.

"데몬이군요."

마을의 상황을 슬쩍 살펴보고 한 발짝 앞으로 나가는 멤피스.

그리고…

부웅!

바람을 가르는 소리와 함께 그 등에 흰 날개가 돋아났다.

―아니다.

기묘한 형상을 한 갑옷의 등 부분이 순식간에 변형해서 한 쌍의 가늘고 긴 날개가 되었다.

"먼저 갈게요, 아저씨."

"무리는 하지 말거라."

고개를 끄덕이는 미르가지아 씨에게 윙크를 한 번 하고 나서 멤피스의 발이 땅에서 둥실 떠올랐다.

─그 순간.

쿠웅!

공기를 꿰뚫는 소리와 하얀 궤적을 남기고 그녀는 공중으로 날아올랐다!

우리도 미르가지아 씨의 술법으로 상당히 고속으로 이동을 하고 있었는데 우리들의 옆을 가볍게 벗어나 일직선으로 마을로 날아간다!

지켜보는 우리들의 시야 속에서 멤피스의 모습이 점점 작게… 작게….

아니, 작아지진 않았다.

물론 그녀의 뒷모습은 계속해서 멀어져가긴 했다.

그러나 동시에 흰 갑옷이 변형 및 확산되면서 멤피스의 몸을 감싸듯이 그 크기가 점점 커져간다.

"말도 안 돼…."

무심코 멍하니 중얼거리는 나.

그리고….

날개 달린 흰 거인으로 변한 엘프가 데몬의 무리 속에 내려섰다.

흰 빛이 땅을 휩쓸 때마다 몇 마리 데몬들이 빛에 의해 먼지로 변하거나 혹은 압력에 의해 날아갔다.

다 좋은데 엘프가 저렇게 쉽게 숲을 불태워도 되는 걸까…?

자연과 공존하는 생활 방식을 취하는 그들에게 자연 파괴는 금기라는 말을 어디선가 들은 것 같은 기억이 있는데….

어쩌면 멤피스는 그런 심리적인 금기가 없기에 미르가지아 씨와 함께 이번 임무를 맡게 된 건지도….

—어쨌거나 우리들이 마을에 도착했을 무렵에는 대부분의 데몬들은 이미 처리된 뒤였다.

그렇지만 당연히 마을 안에도 데몬들은 침입해 있다.

멤피스가 변한 거인도 역시 건물째 데몬들을 날려버릴 수는 없었는지 마을 쪽에는 손을 대지 못했다.

좋아! 그럼 우리들의 실력을 보여줄 때로군!

단숨에 데몬들을 해치우고 촌장에게 실컷 생색을 내서 사례금을 획득!

미르가지아 씨가 이동 술법을 해제하사 일농은 마을을 향해 달려갔다.

데몬들 중 몇 마리가 달려오는 우리들을 눈치채고 적개심으로 가득한 시선을 이쪽으로 돌렸다.

훗! 지휘를 받지 않는 레서 데몬 무리 따위 우리들에겐 단순한 오합지졸일 뿐! 냉큼 가볍게 해치워주마!

나는 속으로 주문을 외우기 시작했다. 그러나.

"제라스 팔랑크스."

콰과과과과과과!

내가 주문을 끝마치기도 전에.

미르가지아 씨가 만들어낸 십여 개의 빛의 구슬이 주위에 있는 데몬들을 순식간에 쫓아가 격파했다.

"……."

저기….

무심코 주문을 중단하고 그 자리에 멈춰 선 나.

가우리, 루크, 미리나도 마찬가지인 듯 넋이 빠진 얼굴로 우뚝 서 있었다.

아마 방금 그 술법은… 제라스 브리드의 전체 공격판이겠지만… 으음…, 너무 무미건조하다고나 할까, 뭐랄까….

"뭘 그리 멍하니 있는 거냐? 아직 마을 안에 또 있을 텐데 가지 않고."

"아…."

"그… 그렇군…."

"가볼까…?"

"응…."

미르가지아 씨의 말에 네 사람은 거의 멍한 상태에서 고개를 끄덕이고 다시 마을 안으로 달려갔다.

"아무래도 끝난 것 같네요, 아저씨."

뒤쪽에서 목소리가 들려온 건 마을 안에서 날뛰던 데몬들을 우리들이… 우리들이라기보다는 미르가지아 씨 혼자서 처리한 후의 일이었다.

돌아본 곳에 하얀 거인에서 원래의 모습으로 돌아온 멤피스의 모습이.

"숲에 있던 데몬은?"

"당연히 한 마리도 남김 없이 해치웠어요."

묻는 미르가지아 씨에게 대답한 후 그녀는 주욱 이쪽을 돌아보더니,

"여러분도 꽤나 활약하신 모양이고 말이죠."

울컥….

분명히 말해서 미르가지아 씨의 주문 발동 속도와 위력은 인간으로선 도저히 당해낼 수 없다. 당연히 그 점은 멤피스도 알고 있을 것이다.

그렇기에 우리들에게 활약할 수 있는 기회가 거의 없었으리란 사실을 간파하고 빈정거리는 것이다.

그렇다면 빈정거림을 이기는 건 빈정거림뿐!

나는 싱긋 미소를 머금고,

"아, 우리들이 활약한 게 뭐가 있다고 그래? 마을 안은 미르가

지아 씨가 거의 다 해치우셨고, 바깥쪽은 네 갑옷이 다 해치웠는데.

아아, 정말 대단하구나, 그 갑옷."

꿈틀꿈틀!

내 말에 멤피스는 핏대를 세우며,

"그 말은… '네가 아니라 갑옷이 대단할 뿐이다'라는 말로 들리는데 제 착각일까요?"

"착각이야, 착각. 평소에 갑옷에만 의존했지 실력으로 승부하지 않는다는 걸 마음에 두고 있으니까 그런 비뚤어진 생각이 드는 거야. 아마도."

"후후후후후…. 당신도 입이 꽤 험하시네요."

"아니, 뭘. 어딘가의 성질 더러운 엘프에겐 못 당하는데. 우후후후후후."

입가에는 웃음을 머금고 있지만 눈동자에는 살기. 나와 멤피스는 처음 만난 후부터 몇 번째인지 세는 것조차 바보 같은 눈싸움을 다시 시작했다.

"하지만 정말 대체 그 갑옷은 뭐지?"

긴박한 분위기를 아는지 모르는지 옆에서 태평스럽게 말을 걸어온 가우리에게 멤피스는 그쪽을 돌아보고 가슴을 펴며,

"우리 엘프와 용이 공동으로 개발한 무기예요.

미르가지아 아저씨가 입고 있는 것도요.

아저씨 갑옷은 아스트랄 사이드에 대한 간섭 능력을 증폭하는

기능이 있는 리추얼 아머[呪靈鎧]인데,

어지간한 순마족 정도론 지금의 아저씨에겐 대적하지 못할 거예요.

그리고 제 건 아스트랄 사이드에 대한 간섭력을 어느 정도 자유롭게 조종할 수 있고 제 의식 제어로 변형도 가능한 반생체 갑옷 제나파 아머[魔律裝甲]예요."

"흐음, 역시 갑옷이 대단할 뿐이잖…."

적당히 흘려듣고 핀잔을 날리려다 말고 나는 한순간 얼어붙었다.

아스트랄 사이드에 대한 간섭력 제어…? 반생체 갑옷…? 제나파…?!

사사사사삭!

나는 무심코 뒷걸음치면서 멤피스를 척! 가리키고,

"자나파?!

그… 그거, 설마 마수 자나파?!"

다른 세계의 마법 지식을 기록한 클리어 바이블의 사본에 의해 재현된, 살아 있는 갑옷, 봉마장갑 자나파.

백여 년 전에는 마법 도시 사일라그를 파멸시켰고… 얼마 전에는 나와 가우리 등과 사투를 펼친 상대.

아스트랄 사이드의 간섭을 완전히 차단하고 골드 드래곤의 레이저 브레스와 비슷한 광선을 쏜다.

그러나 우리들이 아는 자나파는 처음엔 갑옷 모습을 하고 있었지만 시간과 함께 장착자를 갉아먹고 성장해서 결국 거대한 마수로 변했다.

그렇다면… 설마 이것도…?

"인간 사회에선 그렇게 불리는 것 같군요.

애당초 '자나파'라는 건 '마를 조율한다'는 의미의 카오스 워즈(혼돈의 언어)이니."

"그게 문제가 아니고!

어째서 그런 걸 가지고 있는 거야?!"

"강마전쟁 이후 우리들도 가만히 시간을 보낸 것만은 아니었다."

라고 말한 사람은 미르가지아 씨였다.

"마족들의 핵심 전력 앞에서 우리들이 얼마나 무력한지는 그 싸움 때 뼈저리게 느꼈지.

주력이었던 우리 드래곤 일족이 마왕의 다섯 심복도 아닌 단 한 명의 수신관에게 허망하게 패배했을 때 말이다.

그 싸움이 끝난 이후, 우리 드래곤과 엘프는 언젠가 닥쳐올 마족의 침공에 대비해서 여러 가지 무기의 개발에 착수했다.

리나 인버스, 나는 너를 클리어 바이블이 있는 곳으로 인도한 적이 있는데,

어째서 내가 그 길을 알고 있는 것이라고 생각하나?"

"아!"

─그랬구나.

나는 그제야 깨달았다.

미르가지아 씨가 클리어 바이블로 가는 길을 알고 있었다는 말은 그가 여러 번 그곳을 방문한 적이 있다는 사실을 의미했다.

—다른 세계의 지식으로 마족에 대항할 무기를 만들어내기 위해.

똑같이 클리어 바이블을 지식의 원천으로 삼았으니, 마족에게 대항할 수단을 찾고 있을 때, 그 수단의 하나로 자나파를 떠올렸다는 건 충분히 상상할 수 있는 일이었다.

"하지만… 그럼 제로스가 우리들과 함께 방문했을 때 저항하지 않은 것은요?"

"무기 제조는 엘프들의 마을에서 이루어지고 있었다.

장비도 없이 놈에게 맞서는 건 자살 행위지."

"그… 그렇군요. 그렇게 된 거라면….

아, 하지만…."

나는 다시 시선을 멤피스 쪽으로 돌리고,

"그거, 설마…

장비한 사람을 잡아먹고 폭주하는 건 아니겠지?"

조심조심 묻는 나에게 멤피스는 눈살을 찌푸리며,

"무슨 말도 안 되는 소리를 하는 기예요?

그럴 리 없잖아요.

뭐, 확실히 빈약한 마력밖에 없는 인간이라면 이 제나파를 제어하지 못할지도 모르겠지만.

인간 세계에서 폭주를 일으킨 녀석은 인간이 클리어 바이블의 지식을 미처 이해하지 못해서 적당한 기술로 만들어낸 불량품이기 때문 아닌가요?"

"그렇다면…

일단은 안심해도 되는 거지?! 뒤에서 물어뜯는 건 아니지?!

네 성격이 더러운 것도 알고 보니 그 녀석 때문이다, 뭐, 이런 건 아니지?!"

"마지막 질문이 마음에 걸리지만 일단 걱정할 필요는 없어요.

엘프를 기준으로 능력을 조정해두었으니까 당신들 인간에게 빌려드릴 순 없지만요.

더러운 성격이 제나파에 옮을 것 같기도 하고."

"호오오오…. 그런 독창성이 결여된 험담을."

"아뇨, 아뇨. 험담이라뇨. 단순한 답례일 뿐인데. 후후후후후."

"우후후후후후."

"결국 또 눈싸움이냐? 너희들…."

어이없다는 어조로 중얼거리는 루크.

그러고 보니 루크와 미리나는 클리어 바이블에 관한 이야기를 알지 못할 텐데 중간에 안 끼어든 건 이해하기를 포기해서인가? 아니면 모르는 게 약이라고 생각해서인지….

다시 멤피스가 무슨 말인가를 하기 위해 입을 열려고 했을 때….

"여러분!"

귀에 익은 그 목소리는 조금 떨어진 곳에서 들려왔다.

"음…?"

소리가 난 쪽으로 고개를 돌려보니 거리를 가로질러 이쪽으로 다가오는 남자 한 사람.

내가 아는 얼굴이었다.

"너는…?!"

"다행이다…. 찾고 있었어요."

"문지기 1!"

내 말에…

이름을 까먹었다.

가이리아 시티의 문지기 1은 그 자리에 쓰러지고 말았다.

2. 돌아온 마을엔 마족의 그림자가

"그런데… 대체 무슨 일이야?"

발걸음을 멈추고 내가 그렇게 물은 건 마을 변두리에 있는 인적이 드문 곳에서였다.

원래 복잡한 이야기는 음식점에서 밥을 먹으면서 해야 하는데, 방금 전 데몬의 습격으로 마을은 아직 어수선한 상태였다.

습격의 공포도 채 가시지 않았는데 마을 사람들 앞에서 그런 이야기를 할 수는 없었다.

"후우… 그게… 저기…."

문지기 1, 마이어스는 모호한 말투로 띄엄띄엄 중얼거렸다.

힐끔힐끔 미르가지아 씨와 멤피스 쪽으로 시선을 보내면서.

물론 이곳까지 오면서 서로 대충 소개는 해두었다.

이야기가 복잡해지는 걸 피하기 위해 미르가지아 씨와 멤피스는 '믿을 수 있는 동료'라고만 소개.

마이어스에 대해선 "문지기예요. 끝"으로 소개했더니 불평을 하기에 '가이리아 시티에서 알게 된 사람'이란 식으로 다시 소개했지만.

뭐, 마이어스 입장에선 우리 네 사람과도 대충 안면이 있는 정도일 뿐이고 거기에 미르가지아 씨 일행과는 초면.

복잡한 이야기가 있다면 확실히 초면인 상대 앞에선 하기 힘들 거다.

"뭐라고 해야 할지….

사건은 아직 끝나지 않은 것 같습니다."

그 후에도 얼마 동안 우물거리다가 그는 겨우 그렇게 말했다.

"뭐…?"

"여러분이 마을을 떠난 후에 마을 안에 갑자기 잇달아 데몬이 출몰하기 시작했거든요."

"……?!"

그의 말에 여섯 사람은 무심코 얼굴을 마주 보았다.

—마을 안에서 데몬이 발생?!

"그래서…

다시 한번 여러분의 힘을 빌리고자 뒤를 따라온 겁니다."

"여전히 다른 사람의 힘에만 의지…, 우읍읍."

"좀 더 자세히 이야기해줄래?"

한숨 섞인 어조로 중얼거리는 루크의 입을 막고 미리나가 묻자 그는 잠시 침묵한 후,

"여러분이 마을을 떠난 밤…, 마을 이곳저곳에서 레서 데몬… 이라고 하나요? 그 녀석들이 갑자기 나타나서…."

"이곳저곳? 그럼 여러 마리가?"

내 물음에 그는 고개를 끄덕이고,

"한 곳에선 한 마리였지만⋯ 동시에 여러 곳에서 나왔는지도⋯.

전 데몬이라는 걸 그때 처음 보았지만⋯ 그건⋯."

그때 일이 떠올랐는지 마이어스는 창백한 얼굴로 침묵했다.

무리도 아니다. 우리들에게 레서 데몬과 브라스 데몬 따윈 '조금 센 조무래기'에 불과하지만 평범한 전사와 마법사에게는 버거운 상대이다.

강인한 피부와 강한 마력을 가지고 있기에 어지간한 검은 튕겨내고, 어지간한 공격마법에는 거의 타격을 받지 않는다.

아마 실전 경험도 거의 없는 마이어스에겐 공포 그 자체였을 것이다.

"경비대와 용병들⋯ 그리고 여러 사람들의 협력으로 겨우 해치웠습니다만⋯

그다음 날입니다. 제이드 씨가 절 찾아오신 건."

"제이드?"

"가이리아 시티에서 알게 된 기사예요."

미르가지아 씨의 중얼거림에 나는 대충 설명해주었다.

"제이드 씨의 말로는⋯ 성의 출입이 불가능해졌다고⋯."

"뭐⋯?"

한순간 그 말의 의미를 이해하지 못하고 나는 미간을 좁혔다.

"다시 말해⋯ 출입을 금지당한 거야⋯?"

"아뇨. 그런 게 아닙니다.

제이드 씨뿐만 아니라 모두가 성에 출입할 수 없게 된 겁니다.

전 직접 본 게 아니지만 제이드 씨의 말로는 전날 저녁 이후로 성문이 꽉 닫혀 있어서 안의 상황도 알 수 없다고 하더군요."

"뭐야, 그게…? 혹시 데몬이 나왔을 때에도 성에서 도와주지 않았던 거야?!"

"아무래도… 그런 모양입니다."

"……."

말하기 거북한 듯 대답하는 그에게 나는 할 말을 잃었다.

보통… 마을 안에서 데몬 같은 게 출현한다면 즉각적으로 성에서 병사들이 출동하는 게 당연한 반응이다.

그런데 도움도 없이 아침이 된 후에도 문이 열리지 않는다는 건….

생각할 수 있는 가능성은 두 가지.

국왕이 어지간한 겁쟁이이든지 아니면 성안에서 무슨 일인가가 일어났든지.

"제이드 씨는 성안에서 무슨 일인가가 일어난 것 같다고 하시더군요.

그래서 직접 성의 동향을 확인해보았는데 왠지 심상치 않은 일이 일어난 게 틀림없고, 우리들의 힘만으로는 버거울지도 모르니까 여러분을 불러오라고….

물론 응당 답례를 해주신답니다."

"……."

그의 말에 나는 아무 말 없이 미르가지아 씨와 멤피스 쪽으로 눈길을 돌렸다.

패왕장군 쉐라가 사라진 후, 가이리아 시티에서 일어난 데몬 발생 사건.

그리고 굳게 닫힌 성.

이건… 마족들의 계획과 결코 상관없는 일은 아닌 것 같다는 생각이 드는데….

두 사람도 같은 의견인 듯 내 시선에 말없이 고개를 끄덕였다.

"알았어.

가자, 가이리아 시티로."

이리하여….

우리 일행은 다시 가이리아 시티로 향하게 되었다.

마을은… 고요했다.

그러나 그것은 평화의 고요함이 아니라 공포와 불안이 가져온 침묵이었다.

우리들이 이곳을 떠난 지 열흘도 채 지나지 않았다.

그때만 해도 길가에는 노점이 서 있었고 뛰어다니는 아이들의 모습이 보였다.

궁전에서 소란이 있다고 해도 그것과는 직접 관계가 없는 보통 사람들의 생활.

그러나 지금은 노점의 숫자도 확 줄었고 길을 오가는 사람들도 불안한 듯 빠른 걸음으로 지나가고 있다.

딜스 왕국의 수도 가이리아 시티.

마이어스를 만난 지 며칠 후.

특별한 말썽 없이 우리 일행은 이 마을에 도착했다.

원래 이 마을에 들어갈 때에는 외벽문에서 대충 출입 검사를 받아야 하는데 지금은 그곳에 병사의 모습이 없었다.

어지간히 명령 계통이 망가진 모양이다.

"그럼 일단 제이드 씨에게 가도 괜찮겠습니까?"

마이어스의 제안에 이견이 있을 리 없었다. 자세한 상황을 몰라서야 애당초 제대로 움직일 수 없으니까.

제이드의 집은 지난번 사건으로 파괴된 상태였다. 일이 끝난 후 기사로 복귀했을 때, 기사에게 집이 없는 건 좋지 않다며 나라에서 무인 저택을 하나 제공받았는데….

"없는 것 같네…."

현관 앞에 서서 문손잡이도 두드리기 전에 미리나가 그렇게 말했다.

"예? 어째서요?"

"거미집."

손잡이에 손을 뻗은 상태에서 묻는 마이어스에게 그렇게 대답하는 그녀.

―그렇구나.

그러고 보니 손잡이와 문 사이에 작은 거미집이 하나.

그뿐만이 아니다.

장식용 조각이 되어 있는 문 이곳저곳에 거미줄이 여러 개 쳐져 있었다.

—거미는 한나절 만에 거미집을 하나 만들 수 있지만 이렇게 여러 개의 거미집이 하룻밤 사이에 만들어진 것으로는 생각되지 않는다.

따라서 제이드는 이 집을 비운 지 며칠은 되었다는 말.

"한참 동안 안 돌아온 모양인데?"

"확실히… 안에 인기척도 없고 말야."

루크와 가우리 두 사람도 그 의견에 고개를 끄덕였다.

"그럼… 마을이나… 성에… 있을까요?"

"그럴지도."

마이어스의 말에 무거운 말투로 대답하는 나.

제이드는 그에게 성의 상황을 조사해보겠다고 했다.

그렇다면 조사하러 간 그 성에서 어떤 사건에 휘말렸다고 생각하는 편이 자연스럽다.

자연스럽기는 하지만….

'성 내부에서 무슨 일이 일어나고 있는 것 같다.' '그 성을 조사하러 간 제이드가 돌아오지 않는다.' 이 두 사실을 종합해보면… 꽤 좋지 않은 결론이 니온다.

"어쨌거나 어떻게 움직이건 정보가 필요해.

우리들이 마을을 떠나 있는 동안 무슨 일이 있었는지,

어디 여러 가지 이야기를 들을 수 있을 만한 장소 없어? 마이어스.”

“그러시다면… 저희들이 자주 가던 가게가 있으니 그쪽에라도
….

하지만…

무사할까요? 제이드 씨.”

…….

마이어스가 혼잣말처럼 중얼거린 그 말에 대답할 수 있는 사람
은 아무도 없었다.

“몰라. 무슨 일이 있었는지 따윈.”

도수가 높은 워커를 단숨에 들이켜고 남자는 토해내듯 말했다.

마을 구석에 있는 술집 겸 식당.

가게 분위기로 보건대 정상적인… 소위 말하는 ‘밝고 건전한 가
게’인 듯하지만 아직 해도 지지 않은 이 시각부터 왠지 험상궂은
녀석들이 모여 있다.

마이어스가 말을 건 사람도 그런 사람 중 한 명이었다.

대충 병사 차림을 하고 있는 걸로 보니 마이어스의 동료겠지만
술로 탁해진 눈과 듬성듬성 자라난 지저분한 수염이 그를 ‘험상궂
은 녀석들’ 중 하나로 보이게 하고 있었다.

“영문을 모르겠으니까 이렇게 대낮부터 마시고 있는 거잖아!
그 정도도 모르겠어? 마이어스.”

“그… 그러니까 아는 것만이라도 괜찮으니까 말해주세요.

마을에서 데몬이 출몰한 다음 날부터 사정이 있어서 자리를 비웠는데…

그때부터 오늘까지 무슨 일이 있었는지 모른다고요."

잔에 술을 따르면서 저자세로 말하는 마이어스에게 남자는 불쾌한 시선을 거두지 않은 채,

"호오오오. 자리를 비웠다고?

그것 참 속 편했겠어.

우리들이 얼마나 고생했는지 꿈에도 몰랐을 테니까.

마을에 남은 우리들이 얼마나 고생했는지 알아?

응? 네가 아느냐고."

게슴츠레한 눈으로 얼굴을 바짝 갖다대는 남자. 그 시선에 겁을 먹는 마이어스.

그리고….

"그딴 것 알 게 뭐야아아아아!"

퍼어어어억!

나의 절규와 빈 나무 잔이 남자의 머리에 충돌하는 경쾌한 소리가 가게 안의 무거운 정적을 깨뜨렸다.

"뭐야!"

"아까부터 가만히 듣자듣자 하니 주절주절 주절주절!

대낮부터 찌그러져서 술로 현실 도피를 하고 있는 녀석이 뭘 잘했다고 고생 운운이야?

'네가 아느냐고'라고 해봤자 설명을 안 해주니 알 턱이 없잖아!

이해해주길 원하면 설명부터 해, 설명부터!"

"누구냐?! 넌!"

"누구든 상관없잖아!

어쨌거나 얼른 상황이나 설명해!"

"시… 시끄럿!

느닷없이 머리를 얻어맞았는데 고분고분하게 말을 들을 것 같아?

이렇게 된 이상 설명 따윈 꿈도 꾸지 마!"

"해!"

"안 해!"

나와 남자, 두 사람의 시선이 잠시 불꽃을 튀겼고….

"호오오오…. 무슨 일이 있어도 설명할 생각이 없다는 거지?"

"그래!"

단호하게 잘라 말하는 남자에게 나는 미르가지아 씨를 척! 가리키며,

"그렇게 싫다고 우겨대면, 미르가지아 씨의 농담을 들려줄 테다!"

"그게 무슨 의미냐…? 인간 소녀여…."

미르가지아 씨의 항의는 일단 무시.

"으잉? 농담이 뭐가 어쨌다고? 무슨 엉뚱한 소리를 하는 거야?"

"훗…. 금방 알게 될 거야!

미르가지아 씨! 당신이 가장 재밌다고 생각하는 농담을 지금 여기서 해봐요!"

"뭐… 뭐냐…? 갑자기…."

"됐으니까 어서요."

"뭐… 상관없겠지.

얼마 전 내가 메피와 여행을 하고 있을 때…."

내 말에 미르가지아 씨는 조금 망설이다가 그 이야기를 시작했다….

죽음과 같은 정적이 공간을 완전히 지배했다.

미르가지아 씨가 날린 단 한 번의 농담이 초래한 정적이.

—아뿔싸.

깊은 수렁 같은 침묵 속에서 나는 속으로 자신의 실수를 후회하고 있었다.

미르가지아 씨의 농담을 상대에게 들려준다는 말은… 당연히 자신의 귀에도 들린다는 의미이다.

나는 이때 처음으로 알았다.

이 세상에는 기억하는 것조차 의식이 거부하는 썰렁한… 아니, 썰렁이라는 말로도 부족한 농담이 존재한다는 사실을.

용족의 개그 센스… 예전부터 이해가 안 되기는 했지만… 이 정도일 줄이야…!

방금 그 통렬한 일격을 맞고도 멀쩡한 사람은 당사자인 미르가지아 씨와 가우리 두 사람뿐. 루크와 마이어스는 쓰러졌고 미리나도 태연한 척하지만 눈에 힘이 풀린 채 식은땀을 흘리고 있었으며 멤피스는 아예 테이블에 엎드려서 실룩실룩 경련하고 있었다.

가게에 있던 다른 손님들도 알게 모르게 들어버린 듯 다들 완전히 뻗었다.

"이건 무슨 의미냐…? 인간들이여…."

아연실색해서 묻는 미르가지아 씨의 말에도 대답할 기력이 남아 있는 사람은 이제 가게 안에….

아니!

그때 멤피스가 비틀비틀 몸을 일으키며 떨리는 목소리로,

"최… 최고예요, 아저씨…. 방금 그 개그."

웃겼던 거냐아아아아아아아아?! 방금 그 허무한 개그가?!

쓰러져서 경련하고 있는 줄 알았는데 웃겨서 소리도 못 내고 있었던 거라니!

용의 개그 센스도 이해 안 되지만… 엘프의 개그 센스도 이해 못 하겠다.

"미… 미안…. 내가 잘못했어."

"미안해. 나도 잘못했어."

간신히 몸을 일으키고 말하는 마이어스의 동료에게 나도 이번만은 순순히 고개를 숙였다.

"재차 말하지만 그게 무슨 의미지…?"

미르가지아 씨의 거듭된 물음에 대답할 기력은 물론 없다.

혹시… 미르가지아 씨의 농담을 전신 공격에 쓴다면 어지간한 순마족쯤은 한 방에 보낼 수 있지 않을까?

"뭐든 말할 테니까 더는 사양할게….

그래봤자 사실 내가 아는 건 얼마 안 되지만…."

겨우 기력을 짜내 몸을 일으킨 일동에게 남자는 말했다.

"그날 이후로도 밤이 되면… 때때로 데몬들이 출몰했어.

가끔 전혀 안 나오는 날도 있었지만 그런 날을 빼면 거의 매일 밤이었지…. 새벽에 한 마리만 나온 적도 있었고 밤중에 대여섯 마리가 나온 적도 있었어.

한 곳에서 여러 마리가 한꺼번에 나온 적도 있었고….

게다가 성문은 꽉 닫혀 있는 상태. 원군은커녕 아무런 명령도 없었어.

데몬들이 무서워서 문을 닫은 건지 아니면 다른 이유가 있는 건지 모르겠지만….

어쨌거나 확실한 건… 이제 다들 지쳐서 녹초가 되었다는 거야…

마을을 떠나는 녀석도 있었어. 몇몇 동료들도 모습을 감추고 말았지.

그럴 만도 해. 오늘 밤 자기가 있는 곳에 데몬이 출몰하지 않을 거란 보장은 어디에도 없으니까.

나도 어디 갈 곳만 있다면 냉큼 떠났을 거야.

뭐… 더 이상 말해봤자 단순한 푸념밖에 안 되니 그만하겠지만

…, 어쨌거나 내가 아는 건 이 정도야…."

우와. 정말 아는 게 얼마 안 되네.

"저기… 성이 폐쇄된 이유에 대한 소문 같은 건 혹시 듣지 못했어?"

"소문이라면 많지, 얼마든지.

전하가 겁을 먹고 틀어박혀 있다든지, 다른 나라의 암살자가 전하를 죽이고 그 일이 들통 나지 않도록 성을 폐쇄했다는 말도 있고.

그리고 요전번에 스파이로 처단된 여장군이 실은 아직 살아 있어서 그 녀석의 명령으로 그렇게 됐다는 이야기도 있고, 이미 성이 데몬들의 습격으로 파괴된 게 아닐까 하는 이야기까지 있어."

"……."

달관한 듯한 남자의 말에 나는 다른 사람들과 얼굴을 마주 보았다.

국왕이 겁을 먹었다든지 암살을 당한 경우라면 별 문제 없지만… 음? 문제가 있나? 뭐, 그래도 그건 이 나라 사정이니.

하지만… 만약 쉐라가 생존해 있다거나 마족의 공격에 의해 성이 괴멸했을 경우라면 '딜스 왕국의 위기'로만은 끝나지 않는다.

"성의 상황은… 전혀 알려져 있지 않아? 출입하는 상인들도 있을 텐데…."

"상인들도 출입이 불가능하니 어떻게 해볼 수가 없잖아?

그렇다고 담을 넘어서 들어갈 수도 없는 일이고.

어쩌면 내부 상황을 알기 위해 정말로 담을 넘은 녀석도 있을지 모르겠지만… 그런 이야기가 안 들리는 걸로 보면 실제로 그런 녀석이 없었거나… 아니면 무사히 나온 녀석이 없거나 둘 중 하나겠지.”

흐음….

아무래도 그의 이야기로 알 수 있는 건 이 정도인 것 같다.

“고마워. 참고가 됐어.”

“아참, 쓸데없는 소리일지도 모르겠지만 한마디만 더 해줄게.”

남자는 인사를 하고 일어나려는 나를 제지하고,

“용병을 많이 모집한 탓에 마을에는 성질 고약한 녀석들이 얼쩡거리고 있어.

그래서 데몬이 아니더라도 여러모로 어수선해.

성은 폐쇄되었고… 경비하는 녀석들은 이 모양이니 말이지.”

자조하는 어조로 말하고 술잔의 술을 단숨에 들이켠다.

“그러니까 조심하는 편이 좋을 거야. 너희들도.”

그의 말에 멤피스는 아무렇지도 않다는 듯,

“괜찮아요.

만약 그런 일이 생긴다면 박살을 내주면 되니까.”

“그건 좀 참아.”

속 편하게 말하는 그녀에게 곧바로 핀잔을 날리는 일동.

아무튼 마족이 습격했다고 여관 안에서 자나파… 아니, 제나파의 광탄을 태연하게 날린 녀석이다. 그런 녀석이 ‘박살’을 낸다고 했으니 마족의 음모 발동 이전에 가이리아 시티는 허허벌판이 되고 말 것이다.

"충고 고마워.

뭐, 어쨌거나 지금은 일단 마이어스의 집에 들러서 작전을…."

그렇게 말하고 다시 자리에서 일어서려다 나는 다시 움직임을 멈추었다.

아직 테이블에 엎드려 있는 마이어스의 모습을 보고.

너… 아직 미르가지아 씨가 날린 농담의 충격에서 회복되지 못한 거야…?

"저어어어어엉말 좁네요. 어떻게 이런 곳에서 살 수 있는지 모르겠어요, 인간은."

그것이 멤피스가 마이어스의 집에 들어와서 처음 한 말이었다.

주택가에 세워진 비교적 깨끗한 공동 주택 2층.

그중 방 하나가 마이어스의 거처였다.

전에 들은 이야기에 따르면 그는 어딘가 다른 마을에서 이곳까지 와서 병사로 근무하고 있다고 한다.

그리 많지 않은 병사의 수당으로 얻을 수 있는 방이라면 뭐, 이 정도가 타당한 수준이겠지.

"뭐… 원래는 1인용이니까요…."

마이어스의 말을 듣지 않은 건지, 무시하는 건지 멤피스는 방 안을 빙 둘러보며,

"우선 온기가 안 느껴져요.

정말 숨이 콱 막힐 것 같군요.

벽과 바닥은 회반죽으로 떡칠을 해놨고…. 지금까지 묵었던 인간들의 여관도 그랬지만… 바깥 공기와 통하는 곳은 작은 창뿐이고요. 무엇보다도 나무 한 그루 심어놓지 않았다는 점이…."

억지 부리지 마.

애당초 정원보다 여섯 명이나 초과해서 사람이 들어가면 어지간한 장소는 좁게 느껴지는 게 당연하다.

"뭐, 불평은 나중에 벽에 대고 원 없이 하도록 하고.

문제는 앞으로 어떻게 움직이느냐 하는 거야."

내 말에 멤피스는 한순간 눈살을 찌푸렸지만 그녀가 뭐라고 하기도 전에,

"역시 성으로 잠입해서 조사하는 게 가장 손쉬운 방법 아닐까?

뭐, 조금 거친 방법일지 모르겠지만."

루크의 말에 미르가지아 씨도 고개를 끄덕인다.

"흠,

아까 그 인간 남자의 말투로 보건대 더 이상 탐문 조사를 해봤자 유익한 정보를 얻을 수 있는 가능성은 별로 없을 것 같더군.

만약 새로운 정보기 들어온다고 해도 그것이 난순한 소문인지 진실인지 확인하려면 결국 성안의 상황을 살펴야 할 테고.

누군가가 성에서 나올 때까지 기다릴 만큼 시간이 많은 것도 아닌 듯하니,

결국 쳐들어가는 수밖에 없겠지."

그의 의견에 모두 고개를 끄덕였다.

술집 겸 식당에서 이야기를 들은 후 우리들은 대충 성을 정찰해 보았다.

방법은 간단. 가까이 다가가서 가우리와 마이어스를 제외한 전원이 레비테이션 주문으로 공중에 뜬 채 외벽 안을 대충 둘러보았다.

그곳에는 그저 넓기만 한 부지와 건물이 있을 뿐.

뜰에 병사들의 시체가 널브러져 있는 건 아니라서 그나마 다행이었지만, 사람의 모습이 전혀 보이지 않는 건 조금 이상한 일이었다.

보통은 병사들이 훈련을 하고 있거나, 그렇지 않더라도 건물에서 건물 사이를 오가는 사람의 모습 정도는 보여도 좋을 텐데 말이다.

그러나 우리들이 공중에서 성의 부지 안을 지켜보는 동안에는 그 안에서 움직이는 건 없었다.

결국 잠시 지켜본 후 어느 누구랄 것도 없이 다들 다시 원래 있던 곳으로 내려와서 이곳 마이어스의 집까지 오게 된 것이다.

성의 건물 안으로 들어가보지 않으면 이야기가 진척되지 않는다.

결국 그것이 모두의 의견이었다.

"그럼 시간을 끌어봤자 별수 없으니까…

오늘 밤에 결행하는 것에 별다른 이견은 없지?"

라고 묻는 나에게 모두 다시 고개를 끄덕였다. 그때….

"저… 저기….."

마이어스가 머뭇머뭇 물어왔다.

"저도… 역시… 함께…?"

"……."

다짜고짜 '방해만 되니까 오지 마!'라고 할 수도 없어서 모두 한순간 침묵했고….

"거점은 필요해!"

나는 딱 잘라 그렇게 말했다.

"성안에서 문제가 생겨서 가령 전원이 뿔뿔이 도망쳤을 때…

이곳을 집합 장소로 정해놓으면 다시 모이기가 쉬워.

그러니까 넌 여기서 대기했으면 좋겠는데."

"그러시다면… 알겠습니다!"

내 말에 그의 표정이 밝아졌다.

역시… 성에는 가고 싶지 않았던 거군.

"저는 거점 확보 임무에 전념하도록 하죠!"

기세 좋게 말하는 그에게 멤피스도 싱긋 미소 지으며,

"예. 그게 좋을 거예요. 따라와서 발복을 잡으면 곤란하기도 하고."

아….

말해버렸다, 이 여자….

그 사실을 아는지 모르는지 얼어붙은 분위기 속에서 멤피스는 혼자 싱글벙글 웃고 있었다….

달이 기울어서 사라진 밤하늘에는 무수한 별들이 반짝일 뿐.

하늘에서 잠입하기엔 안성맞춤인 밤이었다.

"빛이군."

레비테이션으로 하늘을 이동하는 우리들과 같은 속도로 나아가면서 미르가지아 씨는 작게 중얼거렸다.

그랬다.

우리들이 향하는 곳… 넓은 부지 안에 버티고 서 있는 성의 시설… 그 창문의 이곳저곳에서는 드문드문 불빛이 새어나오고 있었다.

램프 불빛인지, 아니면 마법의 불빛인지. 여하튼….

"아무래도 아무도 없는 건 아닌 것 같네.

물론 인간이 있다고 단정할 순 없지만…."

중얼거리는 내 옆으로 멤피스가 비행 술법을 제어해서 성큼 다가오더니,

"이제 와서 진지하게 말해봤자 별로 폼은 안 나요."

"시끄럿."

그녀의 말에 나는 무뚝뚝하게 대답했다.

지금 아무리 폼을 잡아봤자 폼이 안 난다는 건 나도 잘 알고 있다.

아무튼 내 등에는 지금 가우리가 매달려 있으니까.

여섯 사람 가운데 유일하게 술법을 쓰지 못하고… 당연히 하늘 따위는 날 수 없는 사람이 바로 가우리다.

그렇다면 누군가가 운반해야 하는데…. 그 이야기를 한 순간, 당연하다는 듯 전원의 시선이 내게 집중되었고…

그 결과, 나는 이렇게 가우리를 업은 채 증폭한 레비테이션 술법을 써서 성으로 향하고 있는 것이다.

"크으. 사이가 좋구나, 두 사람.

나와 미리나에 못지않게 뜨거운 커플이야. 안 그래? 미리… 나 …."

우리들을 놀리면서 시선을 돌리다가 미리나의 차가운 시선을 접하고 뒷말을 꿀꺽 삼키는 루크.

으음… 여전히 혼자서만 정열에 불타는 녀석….

"그런데 리나…."

"히익?! 자… 잠깐, 가우리! 갑자기 귓전에 대고 말하지 마!"

"아, 미안, 미안.

어쨌거나 들어가는 건 좋은데 대체 어느 건물부터 갈 거야?"

"어느 건물… 이라니?

아까 함께 의논했잖아.

일단 서쪽 탑부터 가기로."

외벽으로 둘러싸인 성은 궁전을 중심으로 각각 동서남북에 하나씩 탑이 세워져 있다.

탑 아래쪽은 성벽에 접한 네모난 건물이 이어져 있고 그곳에서 똑바로 뻗은 통로가 중앙 궁전으로 이어져 있으며,

그밖에도 여러 시설이 그곳과는 독립되어 존재하고 있다.

우리들이 침입 지점으로 선택한 곳은 정문에서 조금 떨어진 서쪽 탑이었다.

"아니… 그건 그렇지만…

불이 밝혀져 있는 걸 보아 사람들이 우글거리지 않을까? 저곳은."

"으음…, 그러고 보니…."

가우리의 지적에 말꼬리를 흐리는 나.

탑 밑에 있는 건물은 아마 병사(兵舍)의 일종인지 우리들이 향하는 그곳에서도 창 밖으로 희미하게 불빛이 새어나오고 있었다.

"어떡할까? 예정을 바꿀까?"

미르가지아 씨의 물음에 나는 잠시 생각하고 나서 고개를 저었다.

"사람이 있는 건 다른 건물도 마찬가지예요.

아무것도 없는 장소를 돌아다녀봤자 정보는 못 얻을 테고."

"동감이야. 신중론만을 고수하다간 사태가 언제까지고 진전되지 않기 마련이니."

나와 미리나의 의견에 미르가지아 씨는 고개를 끄덕였다.

그리고 우리는 서쪽 탑… 불빛이 새어나오는 창 쪽으로 다가갔다.

창에는 불투명한 유리가 끼워져 있어서 안의 상황이 보이지 않게 되어 있었다.

뭐… 군사 시설이니까 당연하다면 당연한 일이지만.

기척을 죽이고 귀를 기울여보아도 안에서 소리는 들리지 않았다.

희미하게 무언가 있는 기척은 나지만… 그것이 인간인지, 아니면 다른 무엇인지, 대체 몇 명이나 있는지, 그것까지는 알 수 없다.

―어떡하지?

소리는 내지 않고 나는 시선만으로 모두에게 물었다.

대답한 건 미르가지아 씨와 루크의 시선. 두 사람은 동시에 같은 곳으로 힐끔 시선을 돌렸다.

―건물 입구로.

들어가보자는 소리인가?

다른 사람들도 이의는… 아니, 다른 의견은 없는 듯해서 우리들은 술법을 제어해서 문 앞에 내려섰다.

무장한 병사가 수월하게 드나들 수 있도록 조금 크고 철로 보강한 여닫이 문.

가우리와 루크가 발소리를 내지 않고 문 좌우에 대기했다.

나는 정면으로 다가가서 열쇠 종류를 확인했다.

손잡이 부근에 투박한 열쇠 구멍이 하나. 매우 원시적인 타입이다.

이것이라면 바늘 하나면 충분. 나는 즉시 숄더 가드 밑에서 바늘 하나를 꺼냈다.

　—어째서 이런 물건을 상비하고 있는지 묻지 말기를. 여자에겐 비밀이 많은 법이니까.

　나는 오른손으로 바늘을 잡고 왼손을 문에 댔다. 그리고….

　끼익. 털썩.

　그대로 쓰러졌다.

　안쪽으로 열린 문 안으로.

　"뭐… 뭐야?!"

　"무슨 일이냐?!"

　"뭐냐? 이 녀석들?!"

　일제히.

　기척과 목소리가 그곳에 출현했다.

　문을 열자 그곳은 조금 큰 방 같은 곳이었다.

　어떤 이는 앉아 있고 어떤 이는 벽에 기대어 있는, 병사로 보이는 사람들의 모습이 그곳에 있었다.

　그 숫자는 약 2,30명.

　아무래도 반응으로 보니 지금까지 꾸벅꾸벅 졸고 있었던 모양인데….

　입구가… 잠겨 있지 않은 건 또 뭐야….

　"뭐… 뭐냐? 너희들…."

　"아니… 저기… 수상한 사람들은 아니에요."

　병사 한 사람의 아직 졸음기가 남아 있는 추궁에 나는 설레설레

손을 저으며 대답했다.

"수상하지 않다고? 이런 시간에, 한 손에 바늘을 들고 있는데?"

우…!

여기서는… 어떻게든 세 치 혀로…!

그러나 내가 변명을 떠올리기도 전에.

"으음… 사실 성 밖에서 왔는데,

이렇게라도 하지 않으면 성안의 상황을 알 수 없어서."

머리를 벅벅 긁으며 당당하게 말하는 가우리.

야, 너! 있는 그대로 말하면 어떡해?!

"뭐야…. 그렇게 된 거였어?"

말하고 나서 한숨을 쉬는 병사.

납득하는 거야?! 그 말에?!

"안 놀라?"

그렇게 묻는 미리나에게 그 병사는 턱을 손끝으로 긁적이면서,

"뭐… 밖에선 온 사람은 너희들로…

몇 명째인지는 까먹었지만… 여하튼 이런 일에는 이미 익숙해져서 말야.

뭐… 여기서만 하는 소린데 우리들도 이번 명령에는 조금 납득이 안 가는 면이 있어서….

여하튼 들어오도록 해."

뜻밖의 호의적인 태도에 우리들은 조금 당황하면서도 문 안으로 들어갔다.

"미안하지만 문은 닫아줘. 궁전에서 보이면 나중에 시끄러우니까.

대충 이야기는 들어서 알고 있어. 성 바깥쪽에선 여러모로 소란스러운 모양이더군."

"'소란스러운 모양이더군'이 아니야!

밖에선 매일 밤마다 데몬이 출몰해서 난리도 아니라고! 그런데 너희들은 어째서 이런 곳에서 남의 일 보듯 느긋하게 있는 거야?"

단숨에 내뱉는 나의 위세에 병사 1은 위축되면서도,

"어… 어쩔 수 없잖아! 상부에서 건물 밖으로 나가지 말라는 명령이 떨어졌는걸!

우리들은 결국 명령에 따르는 게 임무야.

솔직히 우리들도 싫어. 가족들과도 못 만나고 음식은 맛없는 비축 식량뿐이니…."

"건물 밖으로 나가지 말라고?

무슨 소리야, 그게?"

"몰라. 상부에 이유를 물어도 목적은 극비이니 잔말 말고 따르라고만 할 뿐이야.

잘은 모르지만 거역하면 명령 위반으로 영창감이라고. 영창에 가기 싫으면 따르는 수밖에 없잖이?"

병사 1—대표로 이야기하고 있는 걸 보건대 대장이나 그 비슷한 급이겠지만—그는 작게 한숨을 쉬고,

"뭐… 너희들은 아마 이 상황을 타개해볼까 생각해서 들어온

거겠지만….

사실…

말하기 거북한데, 명령은 하나 더 있어….”

“하나 더…?”

조금 불길한 예감을 느끼면서 묻는 나에게 병사 1은 우물거리면서,

“저기… 밖에서 들어온 녀석들은… 모두 붙잡아서 옥에 가두라고….”

―술렁.

병사의 말에 약간 공기가 일렁였다.

“호오… 그 말은…

옥에 갇히기 싫으면 실력으로 어떻게 해보라는 소리야?”

루크의 손이 느릿하게 칼자루로 뻗었고,

“얌전히 옥에 들어가면 싸울 필요 없다는 소리지?”

그의 움직임을 멈추게 한 건 미리나의 냉철한 말이었다.

“잠깐, 당신…?!”

항의하는 멤피스를 무시하고 그녀는 말을 이었다.

“우리들도, 너희들도 사건의 진상을 알고 싶다는 입장에 차이는 없어.

하지만 너희들에게 명령은 절대적.

그 명령이란 ‘밖에서 온 침입자를 옥에 가두는 것’.

‘저항하지 않는 침입자의 장비를 몰수해라’나 ‘전에 붙잡은 침

입자와 새 침입자를 같은 옥에 가두어선 안 된다'는 명령은 받지
않았겠지?

그럼… 태도 여하에 따라선 얌전히 너희들 말을 따를게."

"아….."

그녀의 말에 병사 1은 작게 신음했다.

—아항. 그럴 생각이었구나, 미리나.

우리들 전에도 밖에서 온 침입자가 있었다고 병사 1은 말했다.

그들은 당연히 붙잡혀서 옥에 갇혀 있을 것이다.

그리고 그 '밖에서 온 침입자' 중 한 사람이 제이드일 가능성은
충분하다.

다시 말해 그녀는 '일단 너희들의 체면을 세워줄 테니까 전에
붙잡힌 사람에게 데려가라. 그렇게 하면 상황을 어떻게든 해보겠
다'고 말한 것이다.

물론 받아들이지 않으면 루크의 말대로 싸울 수도 있다는 뉘앙
스를 풍기며.

정말 말도 안 되는 논리… 아니, 논리 이전의 헛소리지만 요컨
대 병사들이 가지고 있는 자기모순을 해소해주기 위한 방편이다.

"확실히 그런 명령은 받지 못했군."

다른 병사가 능청스러운 이조로 말했다.

"어찌 됐건 이유도 모른 채 그저 갇혀 있기는 싫으니 말야.

대장도 그랬잖아."

이번엔 다른 병사.

눈앞의 병사 1··· 대장은 쓴웃음을 지으며 한숨을 한 번.

"그렇군. 확실히 네 말대로 그런 명령은 못 받았어.

좋아. 그럼 당장 옥으로 안내···

아니, '연행'해도 괜찮겠어?"

"이의 없지?"

돌아보고 묻는 미리나에게 쓴웃음을 지으며 고개를 끄덕이는 우리들.

뭐, 가우리만은 사정이 잘 이해가 안 되는 모양이지만···.

"으음··· 그러니까··· 어떻게 된 거지?"

"어쨌거나 따라가면 돼."

속닥속닥 묻는 가우리에게 나도 작은 목소리로 대답했다.

"그럼··· 따라오도록 해."

램프를 든 대장이 이끄는 대로 우리들은 쫄래쫄래 그 뒤를 따라 걷기 시작했다.

그 뒤로는 다른 병사가 역시 램프를 들고 뒤따른다.

건물 안쪽으로 나아가며 문을 몇 개 통과하자 좌우로 뻗은 가늘고 긴 통로가 나왔다.

"발밑을 조심해."

말하고 나서 대장은 그 통로의 오른쪽 방향으로 걷기 시작했다.

좌우는 돌 벽으로 되어 있고 폭은 좁지만 넓은 천장. 앞뒤에 있는 병사가 들고 있는 램프 외에는 주위에 빛이 없는 까닭에 확실히는 알 수 없지만 아무래도 이 통로는 완만한 커브를 그리고 있는 것 같다.

그렇다면 성 외벽 안쪽을 지나는 통로인 건가?

"아참, 한 가지 물어보고 싶은 게 있는데, 이곳에 와서 붙잡힌 사람들 중에 제이드라는 이름의 남자 없었어?"

"제이드?"

좁은 통로를 묵묵히 걷는 것에 조금 싫증이 날 무렵, 나의 질문에 앞에서 가던 대장이 힐끔 이쪽을 돌아보고 말했다.

"혹시 얼마 전에 기사직을 박탈당하고 추방되었다가… 알게 모르게 복귀한 그 사람…?"

"그래. 그 제이드."

"음…, 미안하지만 모르겠어.

붙잡은 녀석은 대충 다 이름을 물어보았지만 말야.

그리고 지금 가고 있는 곳은 북쪽 탑에 있는 지하 감옥이야.

대개의 녀석은 그곳에 갇히는데… 궁전 지하에도 조그마한 지하 감옥이 있다더군.

우리들 관할이 아닌 곳에서 붙잡혀서 그쪽으로 연행되었을 가능성도 있어…."

그 말에 루크는 한숨을 쉬면서,

"그럼…

여기서 붙잡혀봤자 단순한 시간 낭비라는 건가?"

"이… 이봐….

그렇다고 갑자기 날뛰지는 말라고.

여하튼 얌전히 붙잡히기로 약속했으니까."

"훗. 알고 있어.

모처럼 나의 사랑스러운 미리나가 한 교섭을 파기하는 건… 내 영혼이 용납지 않으니까 말야."

……

"누가 한마디라도 해줘…. 썰렁하잖아."

헛소리를 무시하고 묵묵히 나아가는 모두에게 루크가 힘없이 중얼거렸다.

으음…. 미리나가 핀잔을 날리면 실망하는 주제에 반응이 없으면 없는 대로 또 이 모양이니… 꽤 까다로운 녀석이다.

"뭐, 북쪽 감옥에 제이드는 없지만…

그 사람 외에도 밖에서 들어온 사람은 있어. 그중에는 전에 성에 출입하던 사람도 있고.

어떤 정보를 듣고 싶은지는 모르겠지만 어느 정도 이야기는 들을 수 있지 않을까?"

"밖에서 들어온 사람이 몇 명쯤 되지?"

내가 지나가는 말투로 묻자 대장은 잠시 생각하더니,

"글쎄…?

너희들을 포함하지 않아도… 스무 명은 훌쩍 넘을걸?"

"스무 명?!"

무심코 얼빠진 소리를 내는 나.

"음, 주로 마을을 순찰하던 병사들이나 문이 폐쇄되기 전에 우연히 볼일을 보러 마을에 나가 있던 성 관계자들이야.

내가 아는 사람만도 스무 명 이상이니까 실제론 더 되겠지.

그리고 그 모두가 한결같이 마을에 난리가 났다더라고.

우리들 병사 대부분은 마을에 가족이 있어.

걱정이 안 될 리가 없지.

솔직히 말해서 당장이라도 마을로 뛰어가고 싶은 기분이야.

그러나 상부의 명령은… 이곳에서 대기. 외출 금지.

상부에 항의하다 옥에 갇힌 녀석까지 있어.

결국 우리들 따윈 위에 있는 녀석들에겐 단순한 도구인 셈이야.

도구에게도 자존심과 마음이 있다는 걸 조금은 알아주었으면 좋겠는데."

―그래서 미리나의 제안을 받아들인 건가?

위에서 떨어진 명령이 조금 무모한 것이더라도 보통은 미리나의 말도 안 되는 제안에 귀를 기울이지는 않을 것이다.

우리들이 이 혼란을 틈타 침입한 암살자일 가능성도 당연히 그들은 생각하고 있을 터이니.

그러나 그들은 참을 수 없게 된 것이다. 이런 상태를.

의미를 알 수 없는 명령에 따라 대기하고 있는 사이에도 성 밖에선 가족들이 데몬들의 습격을 받고 있을지 모른다고 생각하면 임무에 충실하기는 분명 어려울 것이다.

"어쨌거나 이해가 안 되는 이런 상황은 빨리 끝내고 싶어."

작게 내뱉은 대장의 그 말이 그의, 아니, 그들의 심정을 나타내고 있었다.

그 후로 그는 입을 다물었고….

이윽고 대장이 발걸음을 멈춘 건 그로부터 얼마 정도 더 걸어간 후의 일이었다.

옆에 있는 문을 열자 그곳은 조금 전의 건물과 그리 차이가 없는 곳.

실내에 있던 병사들에게 가볍게 경례하고,

"성 밖에서 들어온 침입자를 감옥에 가두려고 왔어."

간결하게 그렇게 말한 후 가까운 곳에 있는 문을 열고 지하로 통하는 계단을 내려가기 시작했다.

건물에 있던 병사도 무장을 풀지 않은 우리들의 모습에 별반 의심을 품지 않고 대장에게 형식적인 경례만을 되돌릴 뿐.

으음…. 이 녀석도 의욕이 없군….

일행은 잠시 계단을 내려가서 이윽고 하나의 문 앞에 도착했다.

문 앞에는 역시 의욕이 없어 보이는 문지기가 한 명.

대장과 대충 경례를 나눈 후 품속에서 꺼낸 열쇠 꾸러미로 문을 연다.

지하 특유의 눅눅한 공기가 코를 찔렀다.

똑바로 뻗은 돌 통로.

통로 좌우에는 짐승 기름이 타는 냄새를 내뿜는 촛대와 쇠창살이 죽 늘어서 있었다.

쉰 냄새 같기도 하고 땀 냄새 같기도 한 묘한 냄새가 가득한 통로를 우리 일행은 대장에게 이끌려 안쪽으로 나아갔다.

옥 안쪽에는 여러 부류의 사람들이 있었다. 누더기를 걸친 채 초점 없는 시선으로 이쪽을 바라보는 남자. 우리들에겐 눈길도 주지 않고 그저 무언가 중얼거리며 감옥 안을 어슬렁거리는 연령 미상의 남자.

그리고….

"귀공들은?!"

어디선가 들은 듯한 목소리가 옆에서 들려온 건 내가 슬슬 이 행진에 짜증이 나기 시작했을 무렵이었다.

음…?

그쪽으로 눈길을 돌려보니 옥 안에서 이쪽을 바라보고 있는 수염 난 초로의 남자 한 명.

"혹시 그때… 제이드 코드웰과 함께 있던 분들 아니신가?!"

꽤 수척해 보이는 얼굴로 옥 안에 있던 인물…, 알스 장군은 말했다.

"대체 무슨 일이 있었던 건가요?"

대장이 우리들을 나누어 알스 장군의 옥에 남자 세 명, 반대편 옥에 여자 세 명을 가두고 아무 말 없이 사라진 후….

나는 통로와 창살 너머로 장군… 아니, 전직 장군에게 그렇게 물었다.

그는 얼마 전 사건에서, 마족이라는 것도 모르고 웰즈 국왕의 환심을 사기 위해 쉐라를 소개한 인물이었다.

그런 의미에선 사건의 장본인이라고 할 수 있지만, 쉐라가 폭주하기 시작한 후로는 나름대로 반성을 했는지 마지막엔 사건의 사후 처리를 도맡아 하고 대충 사건이 수습되자 결국 장군직을 사임했다.

뭐, 특별한 악의는 없었지만 사람을 보는 눈이 없었다고나 할까?

그러나 그런 그가 이런 곳에 있다는 말은….

"아마 귀공들과 마찬가지일 걸세.

상황이 어떻게 된 건지 묻기 위해 성에 잠입했다가…

발각되어 붙잡힌 거지."

말하고 나서 지친 한숨을 한 번.

"그럼 역시 성안에서 무슨 일이 일어나고 있는지는 모른다는 말이겠군."

팔짱을 끼고 벽에 등을 기댄 채 말하는 미르가지아 씨.

알스에게 그는 첫 대면이었지만 이제 누구인지 물어볼 기력조차 남아 있지 않은지 그는 개의치 않고 뒷말을 이었다.

"그 말대로 분명한 건 모르네.

하지만 지금은 사임하긴 했어도 얼마 전까지 이 성에 장군으로 있었던 몸.

병사들과도, 웰즈 전하와도 안면이 있지.

붙잡힌 나는, 전하를 만나게 해달라고 병사에게 부탁했지만…

위에서 내려온 건 만날 필요 없으니 투옥하라는 명령이었어."

"정말 매정한 왕이네."

"아니…, 아마도 전하 탓이 아닐 거야…."

매도하는 루크의 말에 화내는 기색도 없이 그는 고개를 젓고,

"나는 솔직히 내 말이 정말 전하의 귀에 들어갔는지도 의심스러워."

"그렇다면?"

"만나게 해달라고 병사에게 부탁하긴 했지만 물론 그 병사가 직접 전하께 아뢰는 건 아니네.

병사에서 병사장, 그리고 대신이나 재상을 통해야 비로소 전하의 귀에 들어가게 되지.

그 단계에서 누군가가 '전하에게 아뢸 필요 없으니 당초의 명령대로 투옥해라' 하고 말한다면 그렇게 되는 거야.

병사장 중에 그런 짓을 할 사람은 없을 거라 생각하지만… 재상이나 대신 중에는 나를 안 좋게 보는 자도 있으니 말이야."

"흐음…."

그의 말에 나는 문득 어떤 사실을 떠올렸다.

"한 가지 묻고 싶은데요, 쉐라와 당신이 사라진 지금, 웰즈 국왕 옆에서 발언권을 가지고 있고,

최근 1년 이내에 등용된 사람이 있나요?"

"1년 이내?

그렇다면… 대부분의 사람이 해당하는데…?"

"예…?"

뜻밖의 대답에 나는 멍한 표정을 지었다.

나라의 요직에 있는 대부분이 1년 이내에 등용된 사람들이라니, 대체….

내가 품은 의문에 대답하기라도 하듯 뒷말을 잇는 전직 장군.

"사실 이 마을에서 작년에 큰 화재가 있었거든. 그때의 마음고생으로 딜스 퀼트 가이리아 전하가 병으로 서거하셨고 후손이 없었던 까닭에 동생분인 웰즈 전하가 즉위하셨네….

국가의 중추에서 권력다툼은 언제나 따라오기 마련,

국왕 전하가 바뀌는 과정에서 그전의 대신과 재상 대부분이 좌천되었고 그 자리를 새로운 사람들이 메웠지.

이렇게 말하는 나도 어린 시절 웰즈 전하의 검술 지도를 했던 덕분에… 그 자리에 오르기도 했고…."

말하고 나서 쓴웃음을 짓는 전직 장군.

으음….

솔직히… '1년 전에 일어난 큰 화재'의 당사자인 나로선 조금 가슴이 뜨끔한 이야기이다.

그러나 지금은 뜨끔거리고 있어봤자 별수 없다.

"그… 그럼 1년 전엔 성에 없었지만 지금은 요직에 있는 사람은요?"

다시 던진 나의 질문에 그는 다시 고개를 갸웃하더니,

"성에 없었던 사람이라면…

새디언 교역 대신이나… 고관은 아니지만 전하에 대한 발언권을 가지고 있는 사람 중에는 궁정 마법사 패리앨 님이 되겠군.

새디언 님은 왕비님… 즉 웰즈 전하의 외가 친척뻘 되는 분이어서 등용되었고,

패리앨 님은 마법사 협회에서 추대되었지."

"흐음…. 그렇군요.

그런데 그 두 사람은 지금 궁전 안에 있나요?"

"아마도….

장소는…."

그는 궁전의 대략적인 내부 구조와 두 사람이 있을 만한 장소를 설명해주었다.

"흠흠.

그리고 두 사람의 인상과 특징은요?"

"새디언 님은… 30세 정도의 호리호리한 체격에 피부가 흰 미남이네. 어울리지 않는 검은 턱수염을 기르고 있긴 하지만….

패리앨 님은 20대라고 생각하는데… 이름과 직책에 걸맞지 않게 거무스름한 피부에 건장한 체격을 가진 거한일세.

그런데 이런 건 물어서 어쩌려고 그러나?"

그의 물음에 니는 벌떡 일어나서,

"당연하잖아요. '탈옥'해서 두 사람을 만나봐야죠."

"자… 잠깐만.

나는 전혀 무슨 이야기인지 모르겠어."

항의하는 루크에게 나는 힐끔 시선을 돌리고.

"잠입해 있던 사람이 정말 쉐라 한 사람이었을까 하는 거야. 난."

"……!"

나의 말에 몇 사람이 작은 신음 소리를 냈다.

어느 정도 힘을 가지고 있는 마족은 인간과 같은 모습으로 변할 수 있다.

그렇다면… 이 나라에 잠입해서 여러 가지 일을 획책한 마족이 쉐라 한 사람이라고 단정할 수만은 없다.

쉐라를 타도해서 모든 일이 해결된 줄 알았는데 만약 그 밖에도 왕국의 중추에 잠입해 있던 마족이 있다면?

이 일련의 사건도 그 녀석이 꾸민 일… 이라고 생각하면 이야기의 앞뒤가 맞는다.

뭐… '무얼 위해서'라는 점만은 여전히 분명치 않지만. 이곳에는 1년 전 화재가 나기 전까지 카타트의 마족에게 반기를 들려고 했던 카오스 드래곤(마룡왕) 가브의 부하가 숨어 있었다.

따라서 마족이 숨어든 건 그 이후라는 말이 된다. 다시 말해… 알스가 방금 말한 대신이나 궁정 마법사 둘 중 하나.

그렇다면 냉큼 이곳을 빠져나가 직접 두 사람을 만나보는 수밖에.

물론 '너 마족이지?'라고 묻는다고 '그렇습니다'라고 솔직히 대답하진 않겠지만, 우리들에겐 미르가지아 씨와 멤피스가 있다. 인간의 모습을 빌린 마족이라고 해도 두 사람의 눈은 그리 쉽게 속일 수 없으리라.

"나도 잘 이해가 안 되는데….”

쉐라가 마족이었다는 걸 모르는 알스가 말했다.

하지만 그런 걸 일일이 설명하다간 도대체 얼마나 많은 시간이 필요할지.

"이야기가 길어지니까 자세한 설명은 나중에 시간이 지나면 하죠.

그렇게 된 거니까 가우리, 감옥에서 나가자.

썩둑썩둑 베어버려!"

"응! 나도 사정은 잘 모르겠지만 어쨌거나 나가자는 거지?"

"그 정도만 알면 충분해! 어서 이런 눅눅한 곳과는 작별하자고! 다들 쇠창살에서 떨어져!"

내 말대로 다들 뒤로 물러서자 가우리의 검이 번뜩였다!

카가가강!

얼음덩어리가 진동하는 듯한 날카로운 소리. 그리고….

쿠당탕탕탕!

조금 큰 소리를 내며 위이래로 잘린 쇠창살 몇 개가 돌바닥에 떨어졌다.

오오오오오오오오오오오오오.

그 기술에 주위에서 일제히 환성이 일었다.

감옥에 쓰이는 쇠창살인 만큼 검지와 엄지로 만들어지는 고리 정도의 굵기는 되는데 그 위아래를 가볍게… 게다가 여러 개를 동시에 베어버린 것이다.

가우리가 가지고 있는 검은 출처를 알 수 없는 무명이긴 해도, 마력이 서려 있어서 강도도, 예리함도 보통 검과는 비교가 되지 않는다.

그러나 그것을 감안하더라도 가우리의 실력이 엄청난 것이라는 점에는 변함이 없다.

"그럼 그쪽도 간다."

말하고 나서 가우리는 옥에서 나와 이쪽으로 다가오더니 다시 한번 검을 번쩍.

그리고 다시 쇠창살은 쇠막대기로 변해 바닥에 떨어졌다.

"병사들은 너무 거칠게 다루지 말게."

옥에서 나오려고 하지도 않고 말하는 알스에게 한 손을 들어 대답한 후 우리 일행은 출구를 향해 달려갔다.

정면에는 방금 전 통과한 나무 문.

앞장서서 가던 미르가지아 씨가 시험 삼아 밀어보자 열쇠가 걸려 있지 않은지 너무나 쉽게 열렸다.

아까는 보초가 그곳에 있었지만 지금은 주위에 그 모습이 없다.

"아마 그 대장이 손을 써준 모양이야."

나는 말했다.

아무래도 병사들의 마음도 우리 편인 듯하다.

모두 돌계단을 뛰어올라가서 지상에 도착하자 발길을 멈추었다.

—자, 문제는 여기서부터이다.

대장의 말에 따르면 이곳은 아마 북쪽 탑. 그렇다면 역시 경비병이 꽤 많을 텐데….

철컥.

고민할 틈도 없이 옆문이 열리더니 그곳에서 한 병사가 얼굴을 내밀었다.

"꽤 빨리 왔군.

벌써 끝난 거야?

뭐, 어쨌거나 이쪽엔 이야기를 해두었어."

느긋한 어조로 말한 사람은 우리들을 이곳까지 데려온 대장이었다.

"…이야기를 해두다니…,

그렇게까지 해도 괜찮겠어?"

고맙다고 하면 고마운 일이지만 조금 도가 지나칠 정도로 고마운 대접이다.

그렇게 묻는 나에게 대장은 쓴웃음을 지으며,

"솔직히 말하면… 내가 너희들을 본 건 오늘이 처음은 아니야.

얼마 전까지 이 나라는 쉐라라는 여장군이 설쳐대서 이상해져 있었는데…

그 여장군이 사라진 그날 밤… 난 성에서 너희들을 봤어."

―그렇구나. 그날 밤.

우리들은 분명 몇몇 병사들에게 목격된 바 있다.

물론 우리는 상대의 얼굴을 하나하나 기억하지 못하지만 그쪽은 우리들을 기억하고 있었던 것.

"성의 병사라는 도구가 되어버린 지금, 우리는 무언가를 바꿀 수 있는 힘을 잃어버린 건지도 몰라.

그러나 그때에도 너희들이 와서 이곳이 변했어. 그래서 혹시 너희들이라면 지금 이 상황을 바꿔줄지도 모른다―

고 생각한 거야."

"그 말은 틀렸다."

대장의 말에 대답한 사람은 미르가지아 씨였다.

"틀렸다고?"

"무언가를 바꿀 수 있는 힘을 잃어버렸을지 모른다―

인간이여, 너는 그렇게 말했지만, 그 말은 틀렸다.

실제로 넌 무언가를 바꾸기 위해… 지금보다 더 좋은 미래를 만들기 위해 우리들을 돕고 있다.

그것이 바로,

너의… 너희들의 몸과 마음속에 아직 미래를 만들 수 있는 힘이 있고, 너희가 단순히 도구가 아니라는 증거지."

"……."

미르가지아 씨의 말에 대장은 잠시 침묵하더니….

"그런 말을 들으니 싫은 기분은 아니군…. 고마워.

자, 어쨌거나 이런 곳에서 이야기를 나누고 있어봤자 소용없어.
어서 가도록 해. 조심해서.”

우리들은 작게 고개를 끄덕이고 대장이 가리킨 문 안으로 들어
갔다.

그 후로 문을 몇 개 지나자 넓은 방이 나왔다.

서쪽 탑에서 맨 먼저 들어간 곳과 같은 구조의 방이었다.

그리고 그곳에는 역시 십여 명의 병사들의 모습.

“이야기는 들었어. 잘해봐.”

“뭘 어떻게 잘해봐야 할지는 잘 모르겠지만.”

“하지만 너무 심하게 해서 우리들의 일거리를 늘리진 말라고.”

제각각 웃으며 말하는 병사들.

어지간히 상부의 명령이 불만인지, 아니면 아까 그 대장이 꽤
인망 있는 사람인지…. 어쨌거나 병사들의 목소리를 뒤로하고 우
리들은 문을 열고 바깥쪽으로 달려갔다. 그러나.

“어…?”

무심코 작게 소리를 지르고 우리 네 사람은 발을 멈추었다.

병사들이 모여 있는 넓은 방 안에서.

“음…?”

“뭐야? 방금 그건…? 분명히….”

술렁거림이 병사들 사이에 번져갔다.

―그렇다. 우리 여섯 사람은 분명 방금 뜰로 통하는 문밖으로
나갔다.

그 건너편에 있는 궁전으로 가기 위해. 그러나 미르가지아 씨와 멤피스를 제외한 네 사람은 지금 이곳에 있다.

"뭐… 뭐야? 이게!"

루크가 내뱉은 그 질문의 대답을 나는 알고 있었다.

"공간을 이상하게 왜곡시킨 거야.

아마… 마족이 한 짓이겠지…."

술렁….

내가 토해낸 '마족'이라는 말에 병사들의 술렁임이 커졌다.

그 안에서 루크는 자신만만한 웃음을 띠고,

"그렇군. 원리는 모르겠지만 전력을 분산시킨 거야.

그렇다면 적의 목표는… 그 두 사람, 아니면 이쪽…."

"물론… 그 양쪽이다."

루크의 중얼거림에 대답하기라도 하듯 흐릿한 목소리가 천장에서 들려왔다.

병사 몇 명이 소리가 난 쪽을 쳐다보고 작은 비명을 질렀다.

천장에 거꾸로 매달려 있는 여자의 목을 발견하고.

—마족… 미안조.

3. 왕궁에 깃든 마족의 무리

"펠자레이드!"

다짜고짜 싸움의 도화선에 불을 당긴 건 미리나가 쏜 일격이었다.

빛의 나선이 허공을 가르며 천장에 매달려 있는 마족에게로 다가간다!

그러나….

콰앙!

미안조의 뿌리 끝에서 만들어진 빛의 구슬이 날아오는 일격을 가볍게 맞받아치며 무산시켰다.

마력으로 마력을 맞받아쳐서 상쇄시킨 건가!

"우와아아아앗?!"

그 폭음을 신호로 병사들 사이에 혼란이 일어났다.

지난 사건에서 마족을 목격한 자도 있겠지만 아무튼 이 녀석은 외견이 외견인지라 정신적인 충격이 크다.

창과 검을 들고 황급히 자세를 취하는 자, 옆에 있는 문을 열고 주저 없이 도망치는 자.

그러나 검과 창만으로는 높은 천장까지 닿을 리도 없고, 닿는다고 해도 순마족이 상대라면 아무런 효과도 없다.

도망친 병사는 공간이 이상하게 왜곡되어 있는 탓에 방 반대쪽 문을 통해 다시 이 방에 출현하게 되자 더욱 혼란에 빠졌다.

그리고… 미안조의 뿌리 일부… 즉 방금 전 빛의 구슬을 만들어낸 부분이 불룩 부풀어 올랐다.

다시 '머리'를 만들어낼 생각인가?!

부풀어 오른 혹은 여자의 머리 크기를 훨씬 뛰어넘어 더욱더 크게 부풀어 오르더니….

퍼억!

기분 나쁜 소리를 내며 터지면서 거무스름한 덩어리를 밑에 있는 바닥으로 떨구었다.

—툭….

그것은 가벼운 소리를 내며 바닥에 착지하더니 천천히 자리에서 일어섰다.

주위에 있던 병사들보다 머리 하나는 큰 녀석이었다.

그러나 온몸은 말라비틀어진 것처럼 가늘었고 이상하리만치 검게 물들어 있었다.

마치 미라처럼.

그러나 사람치곤 이상하게 일그러진 그 외견과 희미하게 뜨인 두 눈 안에서 빛나는 보라색 광채가 단순한 언데드가 아니라는 것을 증명하고 있었다.

"마족이… 마족을 낳은 건가?!"

"아니. 한 마리가 다른 한 마리의 몸 안에 숨어 있었던 거야."

놀라는 미리나의 목소리에 고개를 저으며 말하는 나.

"우… 우와아아앗?!"

갑자기 한복판에 출현한 마족을 보고 혼란을 일으킨 병사들이 들고 있던 검과 창으로 검은 마족을 찔렀다!

푸부부북!

무딘 충격음.

칼날 몇 개는 표적에서 벗어나 동료 병사들을 다치게 했지만 그런 것에 연연하는 사람은 없었다.

병사들이 내지른 칼날에 마족은 완전히 온몸을 관통당했고….

그러나 관통된 상태에서 씨익 입가를 일그러뜨렸다.

마치 웃는 것처럼.

"물러나!"

외치고 달려가는 가우리.

그러나 한발 늦었다. 가우리가 달려가는 것도, 병사들이 몸을 빼는 것도.

촤악!

검은 마족이 한번 양손을 휘두르자 젖은 듯한 소리를 내며 병사들 몇 명이 바닥에 뒹굴었다.

사람에서 고깃덩어리로 변해서.

"이 자식!"

가우리는 검을 뽑아 들고 검은 마족에게 다가갔다. 그러나…

카앙!

순간 크게 뒤로 물러서더니 들고 있던 검을 옆으로 휘둘렀다.

옆에 서 있던 전신 갑옷 안에서 튀어나온 은색 칼날을 맞받아친 것이다.

이런! 또 있었던 거야?!

은색 칼날의 본체는 가우리와 칼날을 맞댄 상태에서 느릿느릿 갑옷 안에서 번져 나왔다.

그것은 은색 엿가래 같은 녀석이었다.

다른 점이 있다면 인간의 키 정도는 되는 그 크기. 그리고 엿가래의 몸이 있어야 할 부분에는 사람 상반신 정도 크기의 내장을 마구잡이로 꼬아놓은 듯한 정체 모를 기관만이 달려 있다는 것.

케게게게게게게게!

기묘한 새소리 같은 소리를 내며 검은 마족이 옆에서 가우리에게 덤벼들었다!

그리고….

캉!

휘두른 팔을 튕겨낸 건 루크의 검이었다.

"어디서 쫄랑쫄랑 계속 나오고 있어! 찌증 니게!"

루크가 들고 있는 검이 마검이라는 걸 알자 검은 마족은 뒤쪽으로 물러나서 거리를 넓혔다. 물론 그동안 나와 미리나도 그저 구경만 하고 있었던 건 아니다.

"에르메키아 란스!"

"에르메키아 플레임!"

나의 증폭된 주문과 약간 타이밍을 엇갈리게 해서 쏜 미리나의 주문.

목표는 천장에 붙어 있는 미안조.

몸을 피할 수 있는 시간은 없다.

—천장에 매달려 있는 상태라면.

주룩.

미안조는 주저 없이 천장에서 떨어져 바닥에 내려섰고 두 사람의 주문은 그저 천장만을 쳤을 뿐.

실패는 아니다. 이걸로 된 거다. 검도 닿지 않는 저런 곳에 진을 치고 있으면 싸우기가 무지 힘들다. 바닥으로 끌어내린 것만으로도 꽤 싸우기 쉬워졌다.

미안조는 땅에 착지하자마자 허무한 표정의 여자 입에서 물을 토해내어 주위를 휩쓸었다!

피어오르는 피 보라. 쓰러지는 병사. 물줄기는 가우리의 등으로 달려들었고….

촤악!

옆에 있던 병사가 찌른 창이 여자의 뺨을 꿰뚫자 물줄기가 단순한 샤워로 변해 주위에 물을 흩뿌렸다.

오오! 물리적인 공격이 미안조 자체에게 타격을 입히지는 못해도 물의 기세는 죽일 수 있구나!

그렇다면!

미안조의 뿌리가 커지더니 창을 찌른 병사를 쓰러뜨렸다.

그 여파로 여자의 뺨에서 창이 빠졌다.

그때에는 이미 나와 미리나 두 사람이 마족에게 다가가 있었다.

여자의 얼굴이 이쪽을 보았지만⋯ 이미 늦었다!

푸욱!

미리나가 품속에서 꺼낸 단검이 여자의 뺨에 다시 박혔다.

물이 나와 미리나를 향해 뿜어 나왔지만 힘이 약해진 그것은 이제 단순히 기세 좋은 물줄기에 불과했다.

미안조는 당황해서 옆에 또 하나의 여자 얼굴을 만들어냈지만⋯ 틈을 주지 않고 그쪽에도 내가 품속에서 꺼낸 단검을 박았다.

그리고 나와 미리나 두 사람의 주문이 완성되었다.

―?!

순간 나는 바닥을 박차고 미리나를 밀쳐내며 옆으로 뛰었다.

그 순간, 방금 전까지 나와 그녀가 있던 공간을 하얀 손 같은 게 꿰뚫고 지나갔다.

그것은 허공을 찌른 후 느릿하게 미안조의 안에서 기어 나왔다.

―네 번째 마족⋯.

으⋯ 몇 미리니 나올 생각이야?! 이 녀석들.

그것은 네 개의 팔을 가지고 있었고 그 대신⋯ 그 대신인지 아닌지는 모르겠지만 머리가 없는 새하얀 마족이었다.

"피한 거냐? 방금 그 공격을⋯?"

흰 마족이 놀라 소리쳤다.

확실히 방금 그 공격은 위험했다. 보고 피할 수 있는 거리도 아니었다.

다만 한순간… 매우 불길한 예감이 들어서 곧바로 몸이 움직인 것이다.

그러나 그런 걸 설명하고 있을 틈은 없다. 나와 미리나는 시선을 교환하고 흰 마족을 향해 달려갔다.

가우리는 압도적으로 불리…

해야 마땅했다.

발이 여섯 개 달린 마족은 그중 세 개를 다리로 쓰고 나머지 세 개는 무기로 삼아 가우리를 공격했다.

속도도, 예리함도 전혀 손색이 없는, 각자 다른 방향에서 날아오는 3연타의 파도.

아무리 가우리가 범상치 않은 실력을 가지고 있다고 해도 역시 막아내는 것만으로도 벅차다.

아니, 확실히 그는 밀리고 있었다.

허나….

마족들의 오산은 적이 우리 네 사람뿐이라고 생각했던 것에 있었다.

물론 병사들이 그들에게 치명타를 날리는 건 불가능하다.

그러나.

"이야압!"

기합과 함께 병사들이 일제히 내지른 몇 자루의 창이 은색 마족의 다리에 휘감겼다!

창으로 타격을 입히진 못해도 실체화한 마족이 다리 움직임을 한순간 멈출 수는 있다.

그리고 그 한순간은 가우리에게 충분한 시간이었다.

"하앗!"

촤악!

가우리의 검은 병사들의 창과 함께 마족의 다리와 본체를 베어 버렸다.

끼이이이이이익!

말 그대로 벌레가 우는 듯한 단말마의 비명을 지르며 은색 마족은 조각조각 바닥에 무너져 도자기처럼 산산이 부서졌다.

"고마워!"

병사들에게 고맙다는 말을 하고 나서 가우리는 몸을 돌려 미안조에게 향했다.

자세를 취한 흰 마족의 사정거리에 들어가기 직전.

나와 미리니는 크게 좌우로 뛰면서 동시에 외우고 있던 술법을 해방했다!

"펠자레이드!"

"헬 블래스트[冥魔槍]!"

다가오는 가우리에게 정신이 팔려 있는 미안조를 향해.

하얀 빛이 여자의 얼굴을 불태우고 죽음의 창이 뒤엉켜 있는 뿌리를 관통했다!

크아아아아아아악!

비명을 지르며 재의 기둥으로 변하는 미안조.

그 몸을 베어내고 돌진한 가우리의 검이 당황한 흰 마족에게 박혔다!

"아무리 숫자가 않다고 해도…!"

촤악!

빛을 두른 강철의 칼날이 검은 몸을 베어냈다.

"좀 더 제대로 된 녀석을 보냈어야지!

인간님을 너무 우습게 보는 거 아냐?"

마력이 서린 루크의 검이 별 어려움도 없이 검은 마족을 쓰러뜨린 건 마침 그때였다.

그리고… 짧은 싸움은 끝났다.

"세… 세구나."

반쯤 멍한 상대에서 병사 한 사람이 중얼거렸다.

위험한 상황이 없진 않았지만 싸움이 시작된 이후로 그다지 많은 시간이 지난 건 아니었다.

나와 가우리도 그랬지만 루크와 미리나도 마족을 상대로 한 전

법에 꽤 익숙해졌다.

요령을 습득했다고나 할까?

다시 말해 단기결전, 일격필살, 허점 찌르기.

음… 이런 요령을 습득할 수밖에 없는 삶은 꽤 문제가 있는 것 같다는 생각도 들지만… 그런 생각은 하지 말도록 하자.

물론 이번에 한해선 마족들이 숫자에 넣지 않았던 병사들 덕을 본 부분도 꽤 있지만….

병사들이 입은 피해는 결코 가벼운 게 아니었다.

무사한 사람도 많았지만 심한 부상을 입은 사람도 적지 않았고 확인할 필요도 없이 죽은 사람도 몇 명인가 되었다.

"심하게 다친 사람 없어?! 조금이라면 회복마법으로 응급 치료가 가능한데."

"이쪽을 좀 봐줄 수 있어?!"

"미안하지만 이쪽도…."

내가 실내를 둘러보고 외치자 이곳저곳에서 소리가 일었다.

"약과 붕대를 가져오겠습니다."

말하고 나서 병사 한 사람이 옆방으로 향했다.

경상자는 둘째치고 중상자의 상태는… 그다지 좋지 않았다.

나와 루크와 미리나는 리커버리[治癒] 술법으로 대충 상처를 봉합하고 다녔지만 이 술법은 결국 다친 사람의 체력을 대가로 치료 속도를 일시적으로 높이는 것.

이 방법으로 몇 사람이나 구할 수 있을지… 솔직히 별로 자신이 없다.

좀 더 고위의 회복마법… 리서렉션[復活] 정도를 쓸 수 있는 미르가지아 씨가 있다면 어떻게 좀 되겠는데….

"약과 붕대입니다!"

"좋아! 술법으로 대충 상처를 봉합하긴 하겠지만 어디까지나 대충이고 응급조치니까 약과 붕대로 잘 마무리하고 상황이 진정되는 대로 의사에게….

음? 약과 붕대를 가져왔다고?!"

웅성웅성, 주위에 있던 사람들이 술렁였다.

내가 무심코 지른 소리에 뒤늦게 사람들이 깨달은 것이다.

공간을 왜곡시켜 이 방을 고립시켰던 그 묘한 결계가 사라졌다는 것을.

"나갈 수 있는 거야?! 이 방에서!"

병사 한 사람이 소리를 지르고… 뜰로 통하는 문을 통해 밖으로 나갔다.

"그럼… 너희들은 이제 됐어. 어서 가."

다른 병사가 우리들에게 말했다.

"상처 치료 정도는 우리들도 어떻게 할 수 있어.

하지만…

어째서 이 성안에 마족이 출몰하고 무슨 일이 일어나고 있는지는 모르겠지만, 마족이 상대라면 맞서 싸울 수 있는 건 아마 너희들뿐일 거야.

그러니까…

어서 가."

"……!"

그 말에 작게 숨을 삼키는 우리들.

"부탁… 이니까… 어서… 가…."

떨리는 목소리는 미안조의 공격에 배를 크게 베인 병사의 것이었다.

"우리… 들은… 괜찮으니까…

어서… 가라고…."

그렇게 말하고 창백한 얼굴에 억지로 미소를 머금었다.

"외부인에게 의존하고 있다는 건 알지만…

너희들이 이 상황을 어떻게 할 수 있다면, 우리가 이 녀석들을 의사에게 데려갈 수도 있어.

그러니까…."

"알았어."

말하고 나서 나는 고개를 끄덕였고… 네 사람은 발길을 돌려 밖으로 향했다.

병사들의 시선을 등에 받으면서….

―밖에는 어둠과 하늘에 가득한 별….

"그 두 사람은 없네…."

주위를 둘러보고 중얼거리는 가우리.

그랬다. 문을 통과했을 때 헤어진 미르가지아 씨와 멤피스의 모습은 어디에도 보이지 않았다.

"이런…. 설마 당한 건 아니겠지?"

루크가 불길한 소리를 했다.

뭐, 그럴 가능성이 없는 것도 아니지만….

나는 기왕이면 좀 더 낙관적으로 보아도 좋을 것 같다는 생각이 들었다.

"우리들과 마찬가지로 이상한 공간에 갇힌 채 싸우고 있을 가능성도 있고…

우리들을 두고 먼저 갔을 가능성도 있어."

"그렇군….

용 아저씨는 몰라도 그 엘프 아가씨라면 그럴 만도 해. '인간 따윈 방해만 될 뿐이니까 먼저 가요. 아저씨'라면서 말야."

맞아, 맞아. 멤피스라면.

"그렇다면 어쨌건 우리들이 취할 행동은 하나뿐이구나."

말하고 나서 미리나는 시선을 돌렸다.

어둠 속에 서 있는 궁전으로.

문 안… 궁전 안은 고요했다.

궁전의 뒷문에 해당하는 북쪽 문.

우리들은 그곳에 멈춰 서서 안쪽 상황을 살피고 있었다.

고요한 걸로 보아 적어도 미르가지아 씨 일행이 현재 안에서 싸우고 있는 건 아닌 듯했다.

"일단…

근처에는 아무도 없는 것 같아."

문에 달라붙어 안의 기척을 살피다가 가우리는 낮은 목소리로 말했다.

흠. 그렇다면….

나는 문의 열쇠를 조사하고 나서….

"가우리, 문틈으로 빗장을 자를 수 있겠어?"

"아마도."

나의 꽤 무리한 요구에도 너무나 쉽게 대답하고 그는 문 앞에 섰다.

다른 사람들은 문에서 떨어졌고….

"후웃!"

기합과 함께 은색 빛이 어둠에 잔상의 포물선을 그려냈다.

—카앙!

날카롭고 작은 소리.

그리고… 문의 자물쇠가 절단되었다.

"원 참… 여전히 비상식적인 솜씨라니깐."

감탄인지, 어이없어하는 건지 모를 루크의 중얼거림을 뒤로하고 가우리는 천천히 문을 열었다.

들어간 그곳은 흡사 로비처럼 넓었고 반대쪽에는 궁전 내부로 통하는 복도가 뻗어 있었다.

주위에는 조금 광량을 억누른 마법의 빛이 밝혀져 있지만 사람의 모습은 보이지 않는다.

"묘하네. 궁전 출입구에 보초가 한 명도 없다니."

"음, 아마… 함정이겠지."

미리나의 말에 고개를 끄덕이는 루크.

"어쨌거나 가볼 수밖에 없어.

대신과 궁정 마법사….

일단 가까운 쪽부터 찾아보자."

모두 내 말에 고개를 끄덕이고 방금 전 알스 전 장군이 가르쳐 준 길을 나아가기 시작했다.

"그런데 가우리, 아까부터 궁금했던 건데 네 검은 원래부터 그렇게 예리했어?"

발소리를 죽인 채 복도를 걸어가며 나는 작은 목소리로 물었다.

확실히 그가 들고 있는 건 날카로운 마검이긴 하지만 순마족을 단번에 베어낼 정도의 위력은 없었다고 생각하는데….

"아, 이거?

그 사람 있잖아? 미르… 뭐시기라는…."

"혹시… 미르가지아 씨…?"

"맞아. 맞아. 그 사람."

너… 그렇게 오랫동안 함께 여행을 했으면서 아직 미르가지아 씨의 이름도 기억하지 못하는 거냐…?

"그 사람이 마족을 상대하기엔 부족할 거라며 이 검에 이상한 문양을 그려서 강화시켜줬어."

"뭐…?"

천연덕스러운 그의 말에 나는 멍한 표정이 되었다.

강화시켜줬다고…?

"드… 듣지 못했어. 그런 이야기…!"

"그러고 보니 말한 기억이 없군."

이봐, 이봐….

문양… 이라고 했으니 문양 각인에 의한 강화 주법이거나… 우리들이 모르는 마법 기술일 것이다.

그렇다면….

"가우리♡ 그 검 나중에 찬찬히 보여줘♡"

"보여주는 건 좋지만…

설마 몰래 검을 바꿔치기해서 누군가에게 비싸게 팔려는 생각은 아니겠지?"

"무슨 소리야. 조사와 연구가 끝날 때까지 그런 짓을 할 리 없잖아."

"연구가 끝나면 그럴 거야? 이봐…?"

"아니, 그건… 미래는 아무도 모르는 거니까."

"그 말은….”

말하려다 말고 가우리는 발걸음을 멈추었다.

그에 따라 멈춰 서는 우리들.

길게 뻗은 복도에는 여전히 사람의 모습은 없다.

복도 좌우에 늘어서 있는 문도 그저 침묵을 내뿜고 있을 뿐.

그리고 정면… 복도 막다른 길에 있는 하나의 문.

예정대로라면 그곳을 지나 안쪽으로 가야 하는데….

"누구 있어…?"

"아니."

가우리는 말했다. 복도 안쪽… 정면 문에 시선을 고정한 채.

"무언가가 있어."

그 말에 우리들 사이에 긴장의 끈이 팽팽해졌다.

즉… 기다리고 있는 건 인간이 아니라는 말인가?

"어떡할까? 다른 길로…."

말하려다 말고 루크는 작게 코웃음을 치며,

"그리고 보니… 얌전히 돌아가게 내버려둘 상대가 아니었지."

"그건 그래. 섣불리 돌아다니다가 등을 찔리거나 협공을 당하기보다는 정면으로 부딪치는 편이 나을지도 모르겠어."

미리나도 작게 고개를 끄덕였기에….

그걸로 정해졌다.

누구랄 것도 없이 다시 걸음을 옮겨서 문 앞에 멈춰 섰을 때….

"문은 열려 있으니,

들어오시길."

목소리는 문 안에서 들려왔다.

그곳은 탁 트인 넓은 방처럼 되어 있었다.

무엇을 위한 방인지는 알 수 없지만 사방에는 문, 그리고 한쪽

끝에는 위로 통하는 계단이 있다.

그 방 한복판에 남자가 있었다.

헐렁한 감색 로브에는 신분을 나타내는 것인 듯 무슨 문양이 수놓여 있다.

겉보기 연령은 서른 정도일까? 희고 단정한 얼굴에 어울리지 않는 턱수염.

옷만 잘 차려입은 궁상맞은 얼굴이 아저씨로 보일 수도 있지만 그의 시선에 서려 있는 날카로운 빛이 그렇게 불리기를 거부하고 있었다.

—이 풍모는… 혹시…?

"밤늦은 시간에 잘 행차하셨습니다.

전 표면적으로 이 나라에서 교역 대신을 맡고 있는 새디언이라고 합니다."

역시 이 녀석이… 알스 전 장군이 말한….

나는 작게 쓴웃음을 지으며,

"'표면적으로'라니, 꽤 당당하구나.

그건 다시 말해…

속일 생각은 전혀 없으니 정면으로 승부하자는 의미로 받아들여도 될까?"

"그렇게 받아들이셔도 문제는 없겠지요."

천연덕스럽게 말하고 고개를 깊이 숙여 인사한다.

흐음…. 그렇게 나오시겠다?

솔직히 말해 '나는 인간이다'라며 시치미를 떼고 병사들이라도 부르면 어떻게 할까 생각했는데….

그런 의미에선 상대하기 쉽다고 말할 수 있을지도 모르지만… 설마 정면에서 당당하게 싸움을 걸어올 거라고는 생각도 못 했다.

어지간히 자신이 있다는 소리인가…?

인간과 똑같은 형상을 하고 있는 마족은 그렇지 않은 것들에 비해 꽤 강한 게 보통이다.

그렇다면 이 새디언도 상당한 힘이 있다고 생각하는 편이 당연하겠지.

물론… 쉐라보다 강하지는 않을 거라고… 생각하고 싶지만….

"그럼 네가 이번 사건의 배후겠구나!

대체 무슨 수작을 꾸미고 있지?!"

으르렁대는 루크에게 새디언은 미소를 머금었다.

"실례지만 그에 대한 건 말씀드릴 수 없군요.

어쨌거나 지금은 일단 제가 준비한 부하와 싸워주시길.

그럼 소개합니다."

새디언이 손가락을 딱! 튕긴 순간….

—휘익!

바람을 가르며 2층으로 통하는 계단에서 새디언의 옆으로 무언가가 내려섰다.

마치… 피를 점토처럼 주물럭거려서 인간 모양으로 만든 듯한 붉은 것이 인간의 모습을 하고 있다.

평평한 그 얼굴에는 눈도, 귀도, 코도, 입도 없었고 그 몸 이곳 저곳에는 무슨 문양처럼 검은 줄무늬가 나 있었다.

그리고 손에 들고 있는 한 자루의 검.

순간 내 등에 전율이 일었다.

—이건…! 설마…!

"이봐, 이봐…. 설마 조무래기들을 잔뜩 부를 생각이야?"

그 사실을 눈치채지 못했는지 쏘아붙이는 루크에게 새디언은 고개를 저었다.

"아뇨, 아뇨. 당신들을 상대로 어중간한 하급 마족을 보내는 건 지극히 결례겠죠.

따라서 저 자신과 엄선된 이 한 사람이 상대할 생각입니다.

소개하겠습니다.

패왕장군 쉐라 님이 고안하신 기법에 의해 만들어진 마족…

제이드 코드웰입니다."

"!"

새디언의 말에 우리들은 그 자리에서 아연실색했다.

—불길한 예감이… 들었었다.

레서 데몬과 브라스 데몬 등은, 자력으로는 이 세계에 실체화되지 못하는 하급 마족이 거의 자아가 없는 작은 동물 등에 빙의해서 그 육체를 변화시킨 존재이다.

그렇다고 해도 그것들이 마음대로 빙의할 수 있는 건 아니고 마법사나… 혹은 보다 고위의 마족이 간섭을 해야만 비로소 출현할 수 있게 된다.

아마 성 밖에서 발생하고 있는 데몬들도 사건을 뒤에서 조종하고 있는 누군가가 마을에 있는 작은 동물들…… 개나 고양이나 쥐 같은 것에 하급 마족을 빙의시켜 데몬화시킨 것이리라.

어쨌거나 작은 동물을 데몬으로 만드는 건 가능하지만 나름대로 강한 자아를 가지고 있는 인간에게 하급 마족을 빙의시키는 건 불가능하다.

―보통이라면.

그러나… 어떤 방법으로 일단 자아를 붕괴시키고 그 후에 아스트랄 사이드에서 마족을 빙의시켜 데몬으로 만드는 건 가능하다.

우리들은 실제로 지금까지 그러한 타입의 상대를 만난 적도 있었다.

예를 들면… 제이드의 친아버지 그란시스 코드웰….

쉐라의 검 두르고파에 의해 자아가 파괴되어 인간과 닮은 데몬으로 변한 존재….

그것이 가지고 있던 것과 똑같은 인상을 새디언의 옆에 서 있는 자는 가지고 있었다.

맨 처음 본 순간 나는 그 사실을 간파하고… 뇌리를 스쳐 지나간 최악의 가능성에 전율했다.

그리고 그 예감은… 적중했다.

물론 새디언이 우리들을 동요시키기 위해 시시한 거짓말을 한

것일 뿐, 눈앞에 있는 게 제이드가 아닐 가능성도 생각할 수 있다.

그러나….

성을 조사하겠다고 한 제이드는 그 후 모습을 감추었다.

만약 제이드가 그들의 수중에 없다면 '이것이 제이드'라는 거짓 말은 하지 않을 것이다. 금방 들통 날 가능성이 있으니까.

그러나 반대로 제이드가 수중에 있다면….

마족은 그를 도구로 쓸 것이다.

―그렇게 생각한다면… 눈앞에 있는 그는 역시….

"너… 너…

무슨 짓을…."

으득 하고 어금니를 깨물며 신음하는 루크에게 새디언은 그저 싱글벙글 미소로 일관했다.

"다들 조심해.

저 새디언이라는 녀석…

겉모습과는 달리 상당히 강할 거야."

내 말에 새디언은 쓴웃음을 짓더니,

"'겉모습과는 달리'라니…

꽤 무례한 인간이군요.

여기선 무슨 일이 있어도 그 무례함을 후회하게 만들 필요가 있을 것 같군요.

시작해라, '제이드'."

손가락을 딱! 튕기자 그 소리를 신호로 '제이드'가 땅을 박찼다!

―싸우는 것 외엔 방법이 없다!

우리들은 일제히 검을 뽑아 들고 자세를 취했다.

'제이드'를 맞받아치기 위해 가우리가 맨 앞에 섰고 나머지 세 사람은 각각 주문을 외우기 시작했다.

이렇게 되기 전의 제이드의 실력은 우리들도 알고 있었다. 단순히 검의 실력만으로 따지면 나보다는 강하지만 루크에겐 미치지 못하고… 가우리를 상대로 하기에는 한참 먼 수준.

그러나 자아가 파괴되고 데몬이 빙의된 것에 의해 어느 정도 능력에 변화가 생겼을지….

그것만은 실제로 싸워보지 않으면 알 수 없다.

가우리와 '제이드'와의 거리는 단숨에 줄어들었고….

서로의 검이 부딪치려는 그 찰나!

후욱….

가우리의 바로 옆에 새디언이 출현했다!

공간을 이동한 건가?!

새디언이 순식간에 마력구를 만들어내어 가우리를 향해…

쏘기 일보 직전.

거의 아무런 예비 동작도 없이 가우리가 크게 뒤로 물러났다!

"아닛?!"

새디언이 놀라 소리쳤을 때는 이미 빛의 구슬이 발사된 후였다.

가우리가 갑자기 뒤로 물러난 탓에 한 발짝 더 다가올 수밖에 없었던 '제이드'를 향해서.

이건 완전히 직격 코스!

그러나!

파직!

'제이드'가 들고 있던 검이 한 번 휘둘러지자 날아온 빛은 산산이 부서졌다!

그가 들고 있는 것도 마검인가?!

하지만 이로써 '제이드'의 복부는 텅 비었다. 가우리는 곧바로 파고들었고….

"나쁘게 생각 마!"

칼날의 궤적이 포물선을 그렸다.

─변모는 순식간에 이루어졌다.

붉은 진흙으로 그려진 검은 줄무늬뿐인 '제이드'의 얼굴에서

과거에 인간이었던 시절의 제이드 코드웰의 얼굴로.

"……!"

머리카락은 없지만 별안간 눈앞에 출현한 낯익은 얼굴에 가우리에게 주저하는 기색이 떠올랐다.

그리고… 그의 너무나 예리한 반사 신경은 휘두른 검이 '제이드'의 몸에 닿기 직전에 저지하고 말았다.

'제이드'는 틈을 주지 않고 주문 영창노 없이 마력구를 만들어 내어 쏘았다.

눈앞에 있는 가우리를 향해!

피할 수 있는 거리가 아니다! 저런 걸 맞았다간…!

콰앙!

하얀 빛이 번뜩이며 폭음을 만들어냈고….

가우리는 크게 뒤로 튕겨 날아갔다!

"가우리!"

나는 외우고 있던 주문을 중단하고 황급히 가우리에게 달려갔다.

'제이드'가 곧바로 추격타를 가하려고 했지만 루크와 미리나 두 사람이 쏜 공격 주문이 그 움직임을 막았다.

"가우리…."

"큭!"

어…?

달려간 내 눈앞에서 너무나 태연하게 몸을 일으키며 다시 검으로 자세를 취하는 그.

제대로… 맞은 것… 아니었나…?

그러나 그의 배 부분은 옷이 검게 오염되어 있을 뿐 다친 기색이 없다.

"뭐야… 무사하네."

"칼자루로 후려쳤어! 그보다 지금은… 간다!"

말하고 나서 다시 '제이드'를 향해 달려갔다.

그… 그랬군.

다시 말해 직격을 피하기 위해 그는 그 한순간에 빛의 구슬을 칼자루로 때려 폭발시키고 동시에 뒤로 도약해서 파괴력을 죽인 것이다.

정말 반사 신경이 신의 경지에 이르렀구나, 너.

—뭐, 어쨌거나….

나는 다시 주문을 외우며 새디언 일당과 대치했다.

"칫! 건방지긴!"

새디언은 무수한 빛의 구슬을 만들어내어 이쪽으로 쏘았다!

콰과과과과과!

뒤로 도약해서 몸을 피하는 우리들의 발밑에서 그것들은 작은 폭발을 일으켰다.

그 폭연을 뚫고 돌진하는 '제이드'!

얼굴은 방금 전 변화한 무표정한 인간의 얼굴 그대로. 물론 인간의 얼굴을 하고 있다고 해서 그가 인간으로 돌아온 건 아닐 것이다. 단순히 우리들에게 심리적인 동요를 주기 위한 술책.

그것은 알고 있지만… 역시 알고 있는 사람이 원래 얼굴로 덤벼드는 건 조금 상대하기 껄끄럽다.

실제로 다들 '제이드'를 보는 시선에 약간 망설이는 기색이 있다는 걸 알 수 있었다.

하지만 물론 '제이드' 쪽은 그런 것엔 아랑곳하지 않고 돌진했다.

목표는 가장 가까운 곳에 있던 미리나.

카앙!

두 자루의 검이 교차하며 날카로운 소리가 울려 퍼졌다.

검을 거둔 '제이드'는 찌르기로 전환했다. 그러자 미리나는 옆에서 쳐내고 검을 '제이드'의 검에 미끄러뜨리며 치켜 올리듯 베었다.

'제이드'는 한 발짝 뒤로 물러나서 피하고 빛의 구슬을 만들어내어 쏘았다.

"펠자레이드!"

콰앙!

미리나가 완성된 주문을 쏘아 빛을 맞받아침과 동시에 뒤쪽으로 도약해서 간격을 벌렸다.

'제이드'가 그녀를 뒤쫓기도 전에 옆에서 미리나를 엄호하기 위해 돌진한 루크의 검이 번뜩였다.

한편 가우리는 '제이드'를 지나쳐서 그 뒤에 있는 새디언 쪽으로 달려갔다!

―카앙!

루크의 검을 '제이드'의 검이 막아낸 그 찰나.

"달프 스트래시[海王槍破擊]!"

루크가 외운 공격 주문이 새디언 쪽으로 날아갔다!

주문을 맞받아치거나 피한다면 그 틈에 가우리가 육박할 터이니 이 연계를 피하기란 어려울 것이다.

―보통이라면.

그러나 새디언은 당황하지 않고 순식간에 그 모습을 감추었다.

다시 공간을 이동한 건가!

새디언이 모습을 감춘 찰나.

미리나와 나는 루크 쪽으로 달려갔고 가우리는 한쪽 발을 축으로 삼아 회전하며 검을 옆으로 휘둘렀다.

휘두른 검의 궤도상에… 새디언이 출현했다.

"크아아아아악!"

출현하자마자 배를 베이고 새디언은 크게 뒤로 물러섰다.

좋아! 치명상은 아니더라도 방금 그 공격은 통했다!

"이… 이럴 수가…!"

황급히 간격을 벌리면서 완전히 동요한 기색을 보이는 새디언.

아무래도 아직 우리들을 얕보고 있었던 모양이다.

루크와 가우리가 연계를 한 시점에서 우리들은 새디언이 공간을 이동해서 그 공격을 피하리라는 건 예상할 수 있었다.

그렇다면 이동한 후에 마족은 어디로 출현할까?

그것을 예상하는 건 간단했다.

다시 말해 누군가의 뒤쪽이다.

물론 누구의 뒤에 나타나느냐 하는 것까진 예측할 수 없었지만 누군가의 뒤에서 나오더라도 곧바로 대응할 수 있도록 우리들은 움직였던 것이다.

나와 미리나는 뒤에서 당하지 않기 위해, 그리고 '제이드'와 검을 맞대고 있어서 움직일 수 없는 루크의 뒤에 출현했을 때 곧바로 지원할 수 있도록.

가우리는 자신의 뒤에서 출현했을 때 그 자체가 반격으로 이어
질 수 있도록.

그리고 새디언은 그에게는 최악의 출현 장소를 선택한 것이다.

"에르메키아 란스!"

가우리와 간격을 벌린 새디언을 향해 나는 외워두었던 술법을
해방했다.

그에 타이밍을 맞추어 돌진하는 가우리.

"!"

새디언의 얼굴에 주저하는 기색이 떠올랐다. 이 연계 공격은 공
격을 이동시키면 쉽게 피할 수 있지만 그러다가 아까와 같은 꼴을
당하면 견디지 못할 거라는 생각이리라.

어쩔 수 없이 그 자리에 멈춰 선 채 날아온 나의 주문을 한 손으
로 떨쳐낸다.

팟!

"크헛!"

그 손에 전해진 충격은 새디언이 생각했던 정도보다 훨씬 컸을
것이다.

인간이 쓰는 에르메키아 란스는 레서 데몬 정도라면 일격에 해
치울 수 있지만, 힘이 있는 마족에게는 결코 치명상이 될 정도는
아니다. 제대로 맞으면 아플지도 모르지만 한 손으로 가볍게 떨쳐
낼 수 있는 정도이다.

그래서 새디언도 한 손으로 떨쳐내고 가우리를 그 자리에서 맞

받아치는 길을 선택한 건데….

유감스럽게도 방금 그 일격은 증폭된 주문이었다. 한 손으로 떨쳐내기엔 꽤 버거울 터다.

예상외의 충격에 새디언이 당황한 순간 가우리의 검이 휘둘러졌다!

그 일격은 마족을 비스듬히 베어 세 번째 비명을 지르게 만들었다.

칼의 방향을 바꾸어 가우리가 다음 일격을 날리기도 전에,

참지 못하고 새디언은 재차 허공으로 모습을 감추었다.

출현한 곳은 전원으로부터 거리를 둔 방 끝.

그 형상은 크게 증오로 일그러져….

—아니,

이상한 모양으로 변해 있었다.

일그러진 눈 안에 더 이상 눈은 보이지 않았고 그저 검은 구멍만이 뚫려 있을 뿐.

검은 턱수염과 수염이었던 건 뒤틀린 작고 검은 뿔의 집합체로 변해 있었다.

이것이 이 녀석의 진짜 모습은… 아닐 것이다. 타격을 받아 인간과 같은 모습을 유지하기가 어려워진 것이다.

"네놈들…."

새디언의 어조에서 이제 여유로운 빛은 사라졌다.

루크의 공격은 차츰차츰 '제이드'를 압박했다.

때때로 '제이드'가 쏘는 마력 공격도 루크에 의해 매번 간파되어 간격을 벌리는 것 외엔 도움이 되지 않았다.

그렇다곤 해도 역시 '제이드'의 얼굴이 맘에 걸리는지 그 공격에는 조금 예리함이 부족하다.

새디언이 방 끝으로 공간 이동을 한 걸 확인하자 미리나는 '제이드'에게 시선을 돌렸다.

일단은 '제이드'를 해치운 후 전원이 함께 새디언을 해치우자는 건가?

미리나는 '제이드'를 향해 외운 주문을….

쾅!

그보다 전에.

별안간 출현한 충격파가 루크와 미리나, 그리고 덤으로 '제이드'까지 튕겨냈다!

—아닛?!

별다른 충격은 없었던 듯 날아간 세 사람은 곧바로 일어서서 자세를 취하며 거리를 벌렸다.

방금 공격…. 세 사람이 날아간 방향을 보건대 새디언이 쏜 건 아니다.

—방 안에는 또 하나의 기척이 출현해 있었다.

새디언이 있는 곳과 반대 방향에.

"꽤 고생하고 있구나. 인간을 상대로.

꼴사나워, 새디언."

그렇게 말한 사람은 거무스름한 피부를 가진 덩치 큰 남자.

이 모습은….

그렇군…. 어느 한쪽이 아니라 두 사람 모두 마족이었던 건가.

궁정 마법사 패리앨.

인간의 형상을 한 또 한 사람의 마족.

"참견 마라! 패리앨!"

새디언이 증오스럽게 외쳤다.

"둘이서만 상대하겠다! 나는 이 녀석들에게 그렇게 말했다고!"

"네 말 따윈 알 게 뭐야.

너의 그 꼴사나운 모습을 보다 못해 나는 내 의지로 싸움에 끼어든 거라고.

네가 이래라저래라 할 문제는 아니지."

교만하게 말하고 우리 쪽을 향해 다가왔다.

"얕보지 마라. 패리앨! 이 녀석들이 쉐라 님을 이긴 건 우연이나 행운만은 아니었어!"

"나도 알아."

말하고 나서 패리앨은 스윽 한 손을 내 쪽으로 뻗었고,

그 순간 가우리가 나를 막아서는 형태로 앞으로 나섰다.

그리고….

쾅!

고막을 뒤흔드는 충격파의 위력은 방금 전 세 사람을 날려버린 것과는 비교도 되지 않았다.

여파만으로 옆에 있는 벽이 흔들리며 작은 파편을 부슬부슬 휘날렸다.

정통으로 맞았다면 뼈가 박살 나고 내장이 파열되었을지도 모른다.

―가우리가 들고 있던 검으로 그 충격파를 베어내지 않았다면.

설마 충격파를 베어내는 비상식적인 짓을 할 거라고는 생각지도 못했는지 패리앨의 눈썹이 작게 꿈틀거렸다.

그리고… 나는 옆으로 뛰쳐나가며 완성된 주문을 해방했다!

"제라스 브리드!"

내가 쏜 빛은 잔상을 남기며 띠가 되어 패리앨을 향해 날아갔다. 목표를 추적하는 타입의 술법으로 이것을 맞으면 아무리 마족이라도 아플 터!

빛의 띠와 나란히 가우리가 돌진했다!

패리앨은 그 자리에서 움직이려 하지 않고 열 발에 가까운 광탄을 만들어내어 가우리를 향해 쏘았다!

아무리 가우리라도 이것을 돌진하면서 모두 베어버리는 건 불가능하다. 가우리는 발을 멈추고 방어 자세를 취했고….

그 순간 패리앨이 쏜 광탄 모두가 별안간 궤도를 바꾸어 단숨에 빛의 띠로 돌진했다!

콰과과과과과광!

광탄을 모두 맞자 빛의 띠는 흔적도 없이 소멸했다.

가우리를 노리는 것처럼 보이게 해서 발을 묶고, 실제로는 내 술법을 맞받아쳐서 연계를 무너뜨린 것이다.

꽤 제법이다! 우리를 얕보고 있던 새디언과는 다르다는 건가?

가우리는 다시 패리앨을 향해 바닥을 박찼고 나도 다시 속으로 주문을….

―?!

냉기와 비슷한 감각을 느끼고 순간 나는 옆으로 도약했다.

그 공간을 은색의 잔상이 메웠다.

―'제이드'!

카아아앙!

다음에 그가 펼쳐낸 공격을 나는 뽑아 든 쇼트 소드로 간신히 막아냈다.

새디언은 미리나를 향해 돌진했다.

검을 겨눈 채 주문을 외우고 정면으로 맞받아칠 자세를 취하는 미리나.

새디언은 그 속도를 늦추지 않고 빛의 구슬을 두 개나 만들더니 미리나를 향해 쏘았다.

그녀는 오히려 그쪽으로 돌진해서 빛의 구슬 사이로 지나친다.

그 순간.

쾅!

빛의 구슬이 폭발했다!

그 압력에 등을 떠밀리는 형태가 되어 미리나는 가속해서 균형을 잃었다.

새디언은 그대로 미리나와의 거리를 좁혔고…

순간적으로 옆으로 크게 이동했다.

옆에서 찔러온 루크의 검을 피하기 위해.

루크가 들고 있는 검의 칼날에는 마력의 빛이 서려 있었다.

그가 들고 있는 건 '흡마의 검'이라 할 수 있는 물건.

어디서 입수했는지 모르겠지만 마법 등의 마력을 검 자체에 흡수하고 축적할 수도, 임의로 그 마력을 해방할 수도 있는 물건이다.

지금은 무슨 마력이 서려 있는지 모르지만 아무리 새디언이라도 이것을 맞을 생각은 없었을 것이다.

그는 그대로 미리나 옆을 지나쳐서 새디언에게 다가갔다.

태세를 가다듬은 미리나가 그 뒤를 이었고—

새디언의 모습이 사라졌다.

공간을 이동해서 출현한 곳은….

주문을 사용해서 '제이드'의 일격을 간신히 막아낸 내 뒤쪽!

야단났다! 그 누구도 나를 엄호할 수 있는 위치에 있지 않아!

게다가 주문도 사용해버린 직후! 거기에 지금은 제이드의 검 때문에 팔까지 묶여 있다.

에잇! 이렇게 된 이상 될 대로 되어라!

나는 '제이드'의 검에 일부러 떠밀려서 그대로 힘껏 뒤쪽으로 도약했다.

다시 말해… 새디언을 향해!

"욱!"

나와 새디언 두 사람의 작은 신음 소리가 겹쳐졌다.

상대도 순마족에게 몸을 부딪쳐오는 원시적인 공격을 하리라는 건 예상하지 못했던 듯 완전히 허를 찔려 균형을 잃었다.

그대로 나는 더욱 뒤로 물러나서 새디언과 '제이드' 두 사람에게서 거리를 벌렸고….

"……!"

타는 듯한 통증에 눈살을 찌푸렸다.

아무래도 새디언은 내가 뒤로 충돌한 순간 마력구를 만들어내고 있었는지, 조금 집중력이 결여된 그 '힘'이 내 등을 불태운 것이다.

등인 까닭에 상처가 보이지는 않지만 팔도 움직이고 호흡도 가능하다. 그렇다면 큰 타격은 아니다.

―육체적으로는.

그러나 문제인 건 욱신거리는 이 통증. 이것은 주문을 외울 때 정신 집중을 꽤 방해한다.

상처의 통증을 중심으로 정신을 집중하는 방법도 있지만 검을 휘두르거나 공격을 피하면서 순마족에게도 통할 만한 공격 주문을 외우는 건 꽤… 아니, 도저히 무리이다.

그때 등으로 충돌하지 않았다면 확실히 당했겠지만… 이래선 전력상 매우 큰 손실이다.

황급히 내 쪽으로 달려오는 루크와 미리나.

"리나!"

가우리 역시 발길을 돌려 내 쪽으로 달려왔다.

패리앨에게 등을 돌린 채.

그 등을 따라 움직이기 시작하는 패리앨. 다만 가우리의 속도와 검의 사정거리를 계산해서 어느 정도 거리를 둔 채.

"괜찮아?!"

묻는 가우리에게 나는 고개를 끄덕이고,

"별다른 상처는 아니야. 조금 아프지만…."

'아프지만'이라는 말에 주문 사용자인 루크와 미리나는 상황을 간파한 듯 그 표정이 굳었다.

그것은 실제로… 내가 그저 발목만 잡는 존재로 전락했다는 걸 의미하고 있었다.

전력은 이제… 세 명 이하.

한곳에 모인 우리들에게 패리앨이 다가왔다.

새디언도 이쪽으로 몸을 돌렸고 '제이드'도 옆쪽으로 돌아갔다. 그때.

"오호호호호호.

어머나. 이런 녀석들을 상대로 고전하고 계시나요?

이래서 인간은 성가시다니깐."

—비꼬는 말로 들려야 할 목소리가 이때만큼은 믿음직스럽게 들렸다.

"아닛?!"

소리를 지른 건 새디언인지, 아니면 패리엘인지.

돌아본 그곳에는 2층 테라스 난간 위에 우뚝 서 있는 그림자가 하나.

푸른 옷에 새하얀 갑옷. 황금색 머리카락이 바람에… 아니, 바람은 없으니 나부끼지는 않나?

어쨌거나 어딘지 묘한 기시감과 함께 등장한 사람은 북쪽 탑에서 헤어진 멤피스!

"엘프?! 설마…!

그 전력을 벌써 돌파한 거냐?!"

패리엘의 물음… 아니, 경악스러운 외침에 그녀는 여유로운 미소를 머금고,

"제가 이곳에 있으니… 대답은 하나. 안 그래요?"

그렇군. 그럼 역시 그녀와 미르가지아 씨도 어딘가에서 마족들과 싸웠다는 말인가?

멤피스는 난간을 탁! 박치고 허공에 뜨더니 싯널처럼 사뿐히 1층 바닥에 내려섰다.

"그럼 당연히… 그 용도….

"그렇게 된 거다."

새디언의 중얼거림에 목소리는 방금 전까지 멤피스가 있던 부근에서 들려왔다.

"네가 보낸 전력은 모두 저지되었다.

슬슬 이야기해주실까? 너희들 마족이 대체 무엇이 꾸미고 있는지."

말하면서 미르가지아 씨는 계단을 내려왔다.

"에잇!"

그에 대답하지 않고 절박한 소리를 내며 패리앨이 멤피스를 노려보았다.

찰나 그녀의 눈썹이 작게 꿈틀거리더니 그 가슴 언저리가 한순간 흔들렸고….

그뿐이었다.

"말도 안 돼! 공간을!"

패리앨의 조바심의 색채가 짙어졌다.

겉보기만으론 무슨 일이 일어났는지 알 수 없지만 그 말로 미루어 보건대 아마 멤피스에게 공간 자체를 이용한 무언가의 공격을 했고… 그것이 가볍게 차단당한 것이리라.

"그렇다면!"

끼이이이이이이익!

새디언의 외침과 동시에 귀에 거슬리는 소리가 나면서 멤피스의 옆 공간이 일그러져 보였다.

아스트랄 사이드에서의 공격을 그녀의 '제나파'가 방어했고 그

힘의 여파가 이쪽 공간에 간섭을 한 것인가?

그 상태를 유지한 채로 새디언은 멤피스를 향해 도약했다!

아스트랄 사이드와 이쪽 세계에서의 동시 공격인가?!

멤피스는 그 자리에서 움직이지 않았다.

엄호할 기미를 보인 미르가지아 씨를 패리앨이 견제했다.

그리고….

"라 틸트!"

"크아아아아아아악!"

미리나가 만들어낸 푸른색 빛의 기둥이 새디언을 휘감았다!

정령마법 최강의 공격 주문을 정통으로 얻어맞고 마족은 절규했다!

공간의 뒤틀림… 아스트랄 사이드에서의 공격이 끊긴 그 틈을 놓치지 않고,

"디스 실드!"

멤피스가 새디언을 향해 손을 뻗었다.

"메기드아크!"

콰앙!

그녀가 외친 '힘 있는 말'과 동시에 마족의 몸이 폭발처럼 보이는 새빨간 불꽃에 휘감겼다!

우오오오오오오오오오오….

불꽃의 신음인지 단말마인지, 떨리는 소리만을 남긴 채 마족과 불꽃은 소멸했다.

멤피스 일행의 출현에 동요해서 우리들의 존재를 잊다니…. 아무리 그래도 인간을 너무 얕봤어.

그리고 미르가지아 씨가 바닥에 내려섰다.

"어떡할 거냐?"

시선을 떼지 않고 묻는 그에게 패리앨은 어색한 미소를 지었다.

"어떡할 거냐고?

웃기지 마라. 설마 또 모든 걸 이야기하라는 헛소리를 할 생각은 아니겠지?

여기서 모든 걸 이야기한다고 해도 나에게 무슨 이득이 있는 것도 아닐 터.

어차피 우리 마족과 너희들은 공존할 수 없는 적.

그렇다면 선택할 수 있는 길은 하나뿐이겠지."

"다시 말해 싸울 수밖에 없다는 건가?"

"그런… 말이다!"

외치면서 마족은 바닥을 박차더니 한 줄기 화살이 되어 미르가지아 씨에게 날아갔다!

원거리 공격도, 아스트랄 사이드에서의 공격도 아니다! 잔재주는 통하지 않는다는 걸 알고 건 정면 승부!

콰광!

두 사람의 마력이 깃든 주먹과 주먹이 맞부딪치며 세계를 진동시켰다!

""오오오오오오오오오오오!""

두 사람의 고함 소리가 터져 나왔고, 격렬한 마력의 충돌에 공기가 불타며 플라스마로 변했다.

힘과 마력은 호각.

그러나 패리앨의 팔이 이상한 모양으로 변했다!

무수한 검은 촉수를 만들어내더니 주먹을 맞댄 미르가지아 씨의 오른팔에 휘감긴다!

—그러나 경악한 표정을 지은 건 패리앨 쪽이었다.

그의 상체가 앞으로 쏠렸고….

파악!

미르가지아 씨의 뒤에서 출현한 황금색 날개가 그 목을 베어버렸다.

—털썩….

쓰러진 몸은 순식간에 검은 잿빛으로 변하더니 무너지듯 사라져갔다.

그것이 마족 패리앨의 최후였다.

허나….

"아저씨…!"

마족의 최후에는 눈길도 주지 않고 맴피스가 공포에 질린 소리를 냈다.

시선이 향하는 그곳… 미르가지아 씨에겐 오른쪽 팔이 없었다.

팔은 바로 옆 바닥… 패리앨이 무너져 사라진 장소에 떨어져 있었다.

이건… 대체…?!

"걱정할 필요 없다."

그러나 미르가지아 씨는 마치 아무 일도 없었다는 듯 그렇게 말하더니 왼손으로 바닥에 떨어진 팔을 주워들었다.

"그러고 보니 메피에겐 말 안 했던가?

내 진짜 오른팔은 천 년 전 강마전쟁 때 이미 잃은 상태였다.

이건 마법 기술로 만들어낸 의수였지.

본래의 팔과 다름없이 잘 움직이기에 나조차 의수라는 걸 깜박할 정도로군."

으음… 정말로 그 사실을 잊고 있었나 보다, 이 사람은…. 그 오른손으로 마족을 맞받아쳤으니….

아마 미르가지아 씨는 패리앨의 촉수가 팔에 휘감긴 그 순간, 의수를 분리해서 상대의 균형을 무너뜨린 것이리라.

"자, 이제 남은 것은…."

의수를 다시 집어 들고 미르가지아 씨는 몸을 돌렸다.

홀로 남겨진 '제이드' 쪽으로.

아까부터 '제이드'는 전혀 움직이지 않았다.

―아니, 아마 움직일 수 없는 것이리라.

본능적으로 미르가지아 씨의 멤피스가 자신이 대적할 수 없는 적이라는 걸 깨닫고.

"그렇군…. '인간'을 이용해서 만든 건가?"

제이드를 바라보며 쓸쓸한 어조로 중얼거리는 미르가지아 씨.

아무래도 그가 인간을 이용해서 만들어진 데몬이라는 걸 눈치 챈 모양이다.

"저 녀석을… 어떻게 할 수 없겠어?! 너희들의 기술로!"

그러나 루크의 말에 그는 고개를 저었다.

"저렇게 된 이상… 이미 인간이 아니다.

이것만은 어떻게 해볼 도리가 없군. 설혹 그의 안에 있는 데몬을 제거하고 외모를 인간의 모습으로 되돌리는 방법이 있다고 해도 아마 인간의 혼은 돌아오지 못하겠지.

그러니 최소한."

'제이드'를 향해 뻗은 미르가지아 씨의 손을 루크가 살며시 옆에서 제지했다.

"그럼 최소한,

내가 저세상으로 보내주겠어. 제이드…."

그의 말에 허무함이 배어 있었다.

─그리고 보니 애당초 제이드를 만나 의뢰를 받아들인 건 루크와 미리나 두 사람이었다.

루크는 한 손에 검을 늘어뜨린 채 느릿느릿 '제이드'를 향해 걸어갔다.

"미안하지만…."

"난 가만히 있을게."

루크의 말에 대답하는 미리나.

미르가지아 씨와 멤피스가 움직일 기미가 없다는 걸 간파했는지 그제야 '제이드'는 움직이기 시작했다.

그리고 두 사람은 검을 손에 든 채 대치했고….

—탓!

바닥을 박찬 건 동시였다.

간격이 단숨에 좁혀졌다.

두 사람은 검을 내리쳤고….

순간 '제이드'는 루크의 눈앞에 마력구를 출현시켰다!

—그리고….

"우아아아아아아아아앗!"

날카로운 기합과 함께 루크의 검은 마력구와 함께 '제이드'의 얼굴을 둘로 베어버렸다.

4. 옥좌에 서 있는 어두운 그림자

—그곳에는 더 이상…

제이드 코드웰이라는 자가 이 세상에 존재했다는 흔적조차 남아 있지 않았다.

루크의 일격에 의해 쓰러진 '제이드'는 붉고 지저분한 진흙으로 모습을 바꾸었고 그것도 얼마 지나지 않아 바람 속으로 사라져갔다.

인간이기를 포기한 자는 흙으로 돌아가는 것조차 용납되지 않는 것일까?

…….

루크는 희미하게 어깨를 떨구더니 작게… 깊은 한숨을 내쉬었다.

"메피…."

무거운 분위기를 떨쳐내려는 듯 미르가지아 씨는 여느 때와 다름없는 어조로 말했다.

"리나 인버스가 상처를 입었으니 치료해주거라."

미르가지아 씨의 요청에 그녀는 얌전히 내 뒤로 돌아가서 주문을 외우기 시작했다.

"너도야. 손 내밀어."

미리나는 루크에게 다가가서 여느 때와 다름없는 쌀쌀한 어조로 말하더니 리커버리의 주문을 외우기 시작했다.

'제이드'의 마력구를 검으로 베어냈을 때 아무래도 그 여파로 상처를 입은 모양이다.

루크 자신은 그런 걸 깨닫지 못한 모양이지만.

방금 전까지의 싸움이 마치 거짓말처럼 느껴지는 조용한 시간…. 멤피스가 걸어준 회복주문 덕분에 등이 따뜻해지면서 통증도 서서히 사라져갔다.

"저기… 멤피스…."

나를 향한 채로 등 뒤에 있는 멤피스에게 말을 걸었다.

"예?"

"다 좋은데 그런 식으로 등장하지 마.

옛날에 알고 지내던 이상한 사람이 떠오르니까…."

꿈틀!

돌아보지 않아도 그녀의 이마에 핏대가 선 걸 알 수 있었다.

"다… 당신 말예요!

구해주었는데 한다는 소리가 고작 그거예요?!

솔직하게 고맙다는 말도 못 하니요? 인간이라는 존새는!"

그 말에 반응한 사람은 내가 아니라 미리나였다.

이쪽을… 멤피스를 똑바로 쳐다보며,

"그래, 고맙다는 인사는 해야겠지.

고마워, 멤피스.”

우….

왠지 작은 신음이 뒤쪽에서 들려온 것 같았다.

어럽쇼…?

그리고 이쪽을 보고 있던 가우리가 신기한 듯,

“응? 왜 그래? 얼굴이 빨개졌는데….”

“시… 시끄러워욧!

아무것도 아니에요!”

곧바로 멤피스의 당황한 목소리가 들려왔다.

“어쨌거나! 이걸로 치료는 끝났어요!”

말하고 나서 내 등을 툭 친다.

통증은 완전히 사라지고 없었다.

음?

아항…. 혹시….

나는 끼기긱 고개를 돌려 뒤에 있는 멤피스에게 웃음을 머금은
시선을 보냈다.

“뭐… 뭐예요?! 그 눈은….”

“아무것도 아니야.

고마워. 상처를 낫게 해줘서.”

눈동자를 보며 말하는 나에게 멤피스는 약간 시선을 돌리고,

“저…, 저는 미르가지아 아저씨가 부탁해서 치료해준 것뿐이에
요!”

씨익….

방금 반응으로 확실히 알았다. 호오…. 그랬군. 역시 그랬어.

"저기, 멤피스…. 너 혹시…

말투는 언제나 교만하지만…

실은 부끄럼쟁이지?"

"익…?!"

내 말에 그녀는 귀까지 빨개졌다.

좋았어어어어어. 빙고오오오오! 놀려먹을 수 있는 포인트 발견!

"오, 정말 얼굴이 빨개졌네."

"아…! 뭐…?! 잠…?!"

"그러고 보니 메피는 몇 년 전까지만 해도 꽤 내성적이고 낯가림이 심한 애였군."

의미를 알 수 없는 말을 토해내는 멤피스를 힐끔 보더니 미르가지아 씨가 태연한 얼굴로 말했다.

"아…?! 아저씨! 그건…!"

"뭐, 어떠냐.

낯가림이 심해서 난처하다고 그때 아버님도 이야기하시던걸."

"헤에에에에에. 알고 보니 부끄럼도 많고 내성적인 여자아이였구나. 흐ㅇㅇ음."

"……!"

놀리는 나에게 완전히 그녀는 할 말을 잃었다.

개의치 않고 말을 잇는 미르가지아 씨.

"그런데… 그 무렵 만난 인간 여마법사에게서 그럴 때에는 차라리 교만하게 행동하면 된다는 말을 들은 이후로 낯가림이 없어졌지."

음…?

별 뜻 없는 그 말에 나는 무심코 미간을 좁혔다.

"헤에, 다시 말해 '인간 따위'의 조언을 받은 거였네?"

루크의 핀잔에 그녀는 더욱 얼굴을 붉히며,

"그… 그분은 특별해요!

자기 자신에 대한 확고한 자신감과 방침을 가지고 계신…. 진정 고귀하신 분이란 그러한 분을 말하는 거라고요!"

어…?

왠지… 그 인물평은… 몇 년 전… 가우리를 만나기 전에도 들은 것 같은 기억이….

갑자기 어떤 무서운 생각이 내 가슴속에서 부풀어 올랐다.

"저기…

혹시 그 인간 여마법사라는 게… 설마…

……………………아니 ………………………아무것도 아니야…."

예상했던 무서운 대답이 돌아올 것 같다는 예감이 들어서 나는 그 의문을 가슴속에 묻었다.

세상에는 모르는 게 약일 때가 있는 법이다.

"왜 그러지?"

"아뇨. 정말 아무것도 아니에요. 아무것도!

그, 그것보다….”

미르가지아 씨의 물음에 나는 허겁지겁 화제를 바꾸었다.

“그보다 미르가지아 씨, 북쪽 탑을 나섰을 때…

우리 네 사람은 이상한 공간에 갇혔고, 그곳을 빠져나온 후에 이곳에서 다시 싸우게 되었는데…

그쪽은 어땠나요?”

“우리도 비슷했다.

나와 메피도 이상한 공간에 초대되어 마족들의 환영을 받았지.

인간의 형상을 한 마족이 열 마리 정도 있었던가?”

이익! 인간 형상을 한 녀석이 열 마리?!

으음. 확실히 그건… 패리앨이 ‘그 전력’이라고 말할 만하다.

“자… 잘도 돌파하셨네요.”

“음, 메피가 느닷없이 제나파의 완전 장갑 모드로 날뛰기 시작해서 말야.

놀란 마족들이 우왕좌왕하는 사이에 각개격파했지.”

우와, 엄청 거친 방법이네.

그야 마족들도 겁을 먹었겠지. 이상한 갑옷을 입은 엘프가 별안간 하얀 거인으로 변신… 아니, 변형해서 날뛰기 시작했으니….

뭐, 어쨌거나 우리들 앞에 나온 마족들은 해치운 셈인가?

“그럼 문제는 지금부터군요.

나온 마족들은 모두 해치웠지만…

이걸로 모두 끝난 것 같다는 생각은 안 들어요.”

"으음…."

내 말에 신음하는 미르가지아 씨.

방금 전 나타난 새디언과 패리앨은 서로에 대한 말투로 보건대 마족으로선 동격 정도. 쉐라에게 '님'을 붙여 부르는 걸 보건대 당연히 그녀보다 아래일 것이다.

그리고 미르가지아 씨와 멤피스가 싸운 것도 아마 그와 비슷한 수준… 아니, 적어도 패리앨이 '전력'이라고 표현했으니 그보다 고위의 마족이었을 것으로는 생각하기 힘들다.

만약 그들이 이 왕궁에 숨어 있는 마족의 모든 전력이라고 하면 … 새디언 수준의 마족이 우글우글 모여서 얼굴을 맞대고 어중간한 음모를 진행시켰다는 말이 되는데….

아무리 그래도 그렇게 생각하기란 어렵다.

"확실히… 영 개운치 않아.

'내가 보스다' 하는 녀석이 척 나와서 음모를 처음부터 끝까지 다 밝혀준 다음 처단되어야 하는데 말야."

미리나의 주문 치료를 다 받고 양손의 상태를 확인하듯 주먹을 쥐었다 폈다 하면서 말하는 루크.

그렇게 일이 잘 풀리면 오죽이나 좋겠어.

아니, 그전에 '내가 보스다' 하는 녀석이 나오는 것도 싫어. 솔직히….

하지만 뭐, 그의 말대로 영 개운치 않은 것만은 확실했다.

예전에는 쉐라라는 어엿한 보스가 있었는데….

…….

쉐라…. 보스….

어… 잠깐…?

아니, 설마 그렇지는 않을 거라 생각하지만… 그래도….

"왜 그래? 리나, 이상한 얼굴로."

"이상한 얼굴이라니… 가우리. 그런 식으로 말할 것까진….

아니… 조금 이상한 생각이 떠올라서…."

"이상하다고 하면… 우리들이 이곳으로 들어온 후로 한 사람도 보이지 않는데… 그것도 이상하다면 이상해.

복도를 지나갈 때 방 안에 사람이 있는 기척이 분명 있었는데 아무도 나오지 않았고 말야."

"그건 역시… 우리들과 정면 승부를 하기 위함이 아니었을까? 높은 분으로 변해 있었으니까 무슨 일이 있어도 방에서 나오지 말라는 명령을 내려서 싸움에 쓸데없는 훼방꾼이 끼어드는 걸 방지한 거지."

가우리의 말에 대답하는 루크.

으… 으음…. 그럼 설마 역시….

"다들… 미안한데 잠깐만 따라와줄래…?"

말한 나에게 가우리가,

"화장실?"

"그게 아냐아아아!

내가 무슨 화장실도 못 가는 어린애냐!

아직 생각하고 있는 단계라서 말은 못 하겠는데…

이 사건에 대해 조금 걸리는 점이 있어.

그걸… 확인하고 싶은 거야."

"뭔데요? 그 걸리는 점이라는 게."

"……."

멤피스의 질문에 나는 입을 다물었다.

분명히 말해, 이 생각은 근거가 부족한 하나의 가설에 불과하다.

"걸리는 게 있다면 함께 갈게.

이러고 있어봤자 별수 없기도 하고."

그 침묵에 미리나가 말문을 열었다.

그렇다면 당연히 이 녀석도….

"그건 그래. 미리나의 말이 옳다고 생각해, 나도. 응응."

역시 그렇게 나오는구나, 루크.

"나도 별 상관없어."

가우리, 넌 원래부터 의견이 없잖아!

그렇다면 남은 것은….

"아무것도 모른 채 이곳에 머물러 있는 것보단 낫겠지."

미르가지아 씨의 말에 멤피스이 반론도 시러졌다.

"그럼…

함께 와줄 거지?"

다들 고개를 끄덕인 것을 확인하고 나서 나는 걸음을 옮겼다.

"그런데 미르가지아 씨."

모호한 기억으로 길을 어림잡아 걸으면서 나는 미르가지아 씨에게 물었다.

"아까 싸움에서 새디언… 마족이 멤피스에게 한 공격은 아스트랄 사이드에서 한 공격으로 보이는데…

미르가지아 씨는 둘째치고… 만약 우리 인간이 마족으로부터 그런 공격을 받는다면 막을 방법이 있나요?"

"없어."

이봐….

딱 잘라 부정당하자 무심코 말문이 막히는 나.

"하지만 마족이 싸움 중에 인간을 상대로 아스트랄 사이드에서 공격을 하는 일은 없겠지."

"무슨 뜻이지?"

옆에서 듣고 있던 루크가 끼어들었다.

"인간의 속담 중에 '사자는 토끼를 잡을 때에도 전력을 다한다'는 말이 있다고 들었다.

그러나 마족에게 그 말은 해당하지 않아.

마족의 입장에서 보면 인간은 싸울 상대라기보다는 먹이… 즉 '공포'라는 이름의 부정적인 감정을 쥐어짜 내기 위한 대상이라고 해야 옳겠지.

확실히 너희들처럼 일부의 예외를 제외하면 마족에 비해 인간의 힘은 너무나 보잘것없어.

아니, 너희들도 인간인 이상, 마력이라는 면만 보면 하급 마족에도 훨씬 못 미치겠지."

"말이 꽤 심하군…."

아연실색해서 루크가 그렇게 중얼거렸지만 그것은 분명한 사실이었다.

아무리 대마법사라고 해도 인간이라면 일단 주문을 외우고 그 후에 '힘 있는 말'을 엮는 수단을 거치지 않으면 주문을 발동시킬 수도 없다.

그러나 마족 등은 최하급인 레서 데몬조차 울음소리 하나로 불꽃 화살을 출현시킬 수 있는 것이다.

미르가지아 씨와 멤피스 같은 용이나 엘프에겐 그런 능력이 있는 것 같지만.

어쨌거나 미르가지아 씨는 뒷말을 이었다.

"마음 상해할 것 없어.

마족이 그렇게 인식하고 있다는 것뿐이니까.

마족의 눈으로 보면 인간 따윈 상대도 안 된다는 뜻이지. 그런 상대에게 아스트랄 사이드에서 공격… 다시 말해 온 힘을 기울여 공격을 한다는 건…

마족에게는 '자신은 온 힘을 기울이지 않으면 인간은 해치울 수 없는 정도의 힘밖에 갖지 못한다'고 인정하는 거나 마찬가지야.

그리고 그 '인식'은…

정신 생명체인 마족에게는 치명상이 될 수도 있지."

그렇구나….

"저기… 잘 이해가 안 되는데."

예상대로 물어보는 가우리.

역시나….

"아…

다시 말해 마족에게도 자존심이라는 게 있어서 이상한 공격은 못 한다는 뜻이야."

"뭐야, 그런 거였어?

그렇다면 처음부터 그렇게 말하면 이해하기 쉽잖아."

"……."

아무런 생각도 없는 가우리의 말에 무심코 침묵하는 미르가지아 씨.

아… 혹시 마음이 조금 상한 건지도…

―그런 이야기를 하는 동안에도 우리들은 계단을 올라 아무도 없는 복도를 나아갔다.

오… 오….

복도에서 부는 희미한 바람을 타고 작은 소리가 귀에 들려왔다.

"뭐죠? 이 소린."

"신음… 이라기보다는 멀리서 들려오는 비명 소리로군."

멤피스와 미르가지아 씨 두 사람은 선뜻 그것이 '목소리'라고 단정했다.

"목소리… 라고?"

두 사람의 대화에 루크가 눈살을 찌푸렸다.

확실히 전에 쉐라와 싸웠을 때에도 이 소리가 궁전 안에서 울려 퍼졌었다.

나는 그것을 짧게 해설했다.

"들은 적이 있어.

옛날 마족 토벌에 나선 당시의 국왕이 마족의 저주로 이상하게 변해서 죽을 수조차 없는 몸이 되어 이 성 어딘가에 유폐되었다는 이야기를."

"그러고 보니 전에도… 들은 것 같군."

그 말을 했던 사람이 제이드라는 게 떠올랐는지 루크의 뒷말은 작아졌다.

"설마 그것을 확인하러 가는 건가요?"

"설마."

멤피스의 물음에 나는 좌우로 고개를 저었다.

그런 일을 해봤자 이번 사건이 해결되는 건 아니다.

"그럼 어디로 가는 거죠?"

"……."

그녀의 물음에 나는 대답하지 않았다.

물론… 말할 수 없었다.

어쩌다 보니 길을 잃어버렸다고는.

잘 생각해보니 이 궁전의 구조를 그렇게 잘 아는 것도 아니고 전에 왔을 때와 침입 경로도 다르며… 목적지는 아까 알스 전 장군에게서 들은 정보에는 포함되어 있지 않았다. 으음….

어떻게 말할까 망설이면서 잠시 그대로 걸어가자….

갑자기 시야가 넓어졌다.

나온 곳은 넓은 공간이었다.

대리석 기둥이 줄줄이 있고 기둥과 기둥 사이로 붉은 융단이 쭉 깔려 있다.

—알현실?

아무래도 이상한 곳에서 이상하게 길을 잃어서 관계자 외 출입 금지 지역으로 들어와버린 것 같다.

붉은 융단이 쭉 깔려 있는 곳에는 아무도 없는 옥좌와….

"……!"

일행들 사이에 긴장감이 감돌았다.

옥좌 옆에 서 있는 하나의 그림자를 확인하고.

무심코 발을 멈춘 여섯 사람에게 그는 조용히 시선을 돌렸다.

은색 중장 갑옷을 몸에 두르고 그 옆에는 한 자루 대검.

투구는 쓰고 있지 않은 그 얼굴은 우리들에게 낯익은 것이었다.

긴 흑발. 나이는 30대 중반. 그 얼굴에 깃들어 있는 건 왕의 위엄.

"웰즈 제노 가이리아 국왕…."

"말도… 안 돼…."

멍하니 중얼거리는 미리나와 루크.

아무래도… 이해한 모양이다. 내가 하고 싶었던 말을.

"무슨 용건이지? 이런 시간에."

웰즈 왕의 낭랑한 목소리가 허공에 울려 퍼졌다.

나는 그로부터 거리를 유지한 채 붉은 융단 위를 걸어갔다.

"무슨 용건일까요?

이런 시간에, 왕이나 되시는 분이 무장한 채 알현실에…."

"내가 먼저 묻지 않았던가?"

몇 발짝… 그는 이쪽으로 다가왔다.

의식하지 않고 나도 그만큼 뒤쪽으로 물러섰다.

"말하지 않아도 아실 텐데요? 웰즈 국왕 전하."

물론 나는 눈치채고 있었다. 강철로 된 그의 갑옷이 이동 중에 조금도 소리를 내지 않았다는 사실을.

"흐음…."

내 말에 그의 입매가 웃음의 형태로 조금 일그러지더니,

콰앙!

"─헉?!"

강렬한 충격이 온몸을 뚫고 지나갔고 나는 한순간 숨이 막혔다.

"큭?!"

"아닛…?!"

뒤쪽에서 들려오는 멤피스와 미르가지아 씨의 놀란 목소리.

방금 것은… 충격파 따위가 아니다.

그가 지금까지 감추고 있던 자신의 존재감을 내비친… 단지 그뿐이었던 것이다.

단지 그것만으로도 혼과 육체가 떨리는 듯한 압박감이 생겨났던 것.

"감이 좋군.

언제… 왜 그렇게 생각했지?"

"생각한 것은… 조금 전….."

말하는 것만으로도 숨이 막힐 듯한 압박감.

"눈치챈 이유는… 들은 적이 있기 때문이야….."

그에 지지 않기 위해 나는 다리를 벌리고 가슴을 편 후….

"마족은… 계약을 맺은 자나 보다 강한 자만을 따른다고.

그렇다면….."

—그를 향해 말했다.

"패왕장군 쉐라는 누구에게 검을 바쳤을까…?

당신이야.

다이나스트(패왕) 그라우쉐라!"

—침묵이 알현실을 지배했다.

긴 것 같기도 짧은 것 같기도 한 침묵이.

—그렇다.

쉐라의 미인계나 마력에 놀아난 왕 따윈 없었던 것이다.

—그 여자가 온 후로 왕은 변했다.

다들 그렇게 생각하고 있었다.

그것은 근본적으로 잘못된 생각이었지만 동시에… 어찌 보면 완전한 정답이기도 했다.

마족은 정신 생명체. 그중 힘이 있는 자는 인간과 같은 모습을 하고 있을 수 있다.

그럼… 누군가와 완전히 같은 모습을 하고 있을 수도 있지 않았을까?

왕은 바뀐 것이다. 진짜에서 가짜로.

아마 쉐라가 궁전에 들어옴과 동시에 그 교체 작업은 이루어졌을 것이다.

그 후로는 쉐라만을 계속해서 옆에 두면 예전과 달리 언행이 바뀐다 해도 주위에서는 '저 여자 때문에 바뀌었다'고 여길 뿐이다.

쉐라는… 계획의 실행자가 아니었다.

단순한 위장을 위한 존재에 불과했다.

그 옆에 존재하는 보다 큰 '어둠'을 감추기 위한.

쉐라가 쓰러질 때 지은 웃음….

그것은 자신이 위장자의 역할이라는 책무를 다한 것에 대한 웃음이 아니었을까?

"하하하하하하하하하!"

그의 큰 웃음이 침묵을 깨뜨렸다.

"대단한 상상력이군. 그것만으로도 그런 결론을 도출하다니."

"그것만…

그것만은 아니야.

지금 이 성은 문을 닫은 채 마을과의 교류를 차단하고 있어.

병사들에게 건물 밖으로 한 발짝도 나가지 말라는 말도 안 되는 명령을 내려서.

　그 명령이 어디에서 왔을까?

　이 나라는… 왕국이야.

　고관들이 전부 마족이고 근성이 없는 왕이 얌전히 그들의 말대로 따르고 있다고 생각할 수도 있겠지만 그보다는 왕이 절대적인 명령을 내렸다고 생각하는 편이 훨씬 현실적이야.

　그러고 보니…

　결국 뭐였지? 그 명령을 내린 의미는?"

　"의미?

　설마… 그것을 무슨 책략이라 생각한 거냐?

　그렇다면 조금 생각이 지나쳤군.

　우리들은 그저… 식사를 하고 있었을 뿐인데."

　"식사?"

　이번엔 미리나가 물었다.

　"그래. 우리들의 식량은 부정적인 감정, 불안과 불만. 공포와 조바심.

　온 마을에 그것을 잔뜩 퍼뜨리기엔 나쁘지 않은 방법이라 생각하는데?"

　"그럼… 여기저기 데몬의 무리를 내보내서 날뛰게 한 것도 '식사'를 위해서였어?"

　토해내듯 루크가 말했다.

"그런 의미도 있지만…

무엇보다도 우리는 싸움을 바라고 있지."

말하고 나서… 그는 걷기 시작했다.

느릿하게.

우리들이 있는 쪽으로.

"놈은 강한 정도 차원의 상대가 아니다."

내 옆에서 떨리는 목소리로 말하는 미르가지아 씨.

"알고 있어요…."

"승산은 있는 거냐?! 인간 소녀!"

"없어요…. 그딴 건…."

"그럼 왜……! 그걸 알게 된 시점에서 퇴각을 제안하지 않은 거지?!"

"도망치게 놔뒀을 거라 생각해요?"

"……."

내 말에 미르가지아 씨는 침묵했다.

당황하고 있다. 강마전쟁에서 살아남은 골드 드래곤의 장로가.

"또 한 가지…. 진짜는… 웰즈 국왕은 어떻게 됐지?"

다가오는 그를 향해 나는 소리쳤다.

알고 있다. 나 자신도.

이것이 끓어오르는 공포를 억누르기 위한 방편이라는 것을.

"성 구석에서 신음하는 고깃덩어리가 하나에서 둘로 늘었다고 해서 신경 쓰는 자는 없을 터."

그것이 돌아온 대답이었다.

옛날 왕과 마찬가지로, 주법을 써서 죽지도 못하는 고깃덩어리로 바꾸어 같은 장소에 유폐한 건가?

걸어오는 왕의 얼굴은 조금씩 그 형태를 바꾸고 있었다.

머리에서 뒤쪽을 향해 두 개의 뿔 같은 게 뻗어 나왔고 뺨과 눈썹이 눈을 보호하듯 단단해지면서 변색되고 있었다.

가슴이 얼어붙은 듯한 압박감은 상대가 다이나스트(패왕)라는 걸 알게 되었기 때문일까? 아니면 살아 있는 자의 혼이 본능적으로 두려워하고 있기 때문일까?

"지지 않겠어!"

자신의… 그리고 사람들의 마음을 고양시키기 위해 나는 소리를 질렀다.

"질 수 없어!

'그라우쉐라의 부하라서 쉐라'라는 안이한 이름을 붙인 녀석에겐!"

"이름 말인가…?

그러고 보니 얼마 전 쉐라가 그에 대해 물어온 적이 있었군."

걷고 있는 패왕의 그 얼굴은 은색 투구처럼 변형되어 있었다.

그의 걷는 속도에는 변함이 없었다.

"그레이터 비스트(수왕)도 자신의 신관에게 이름의 반쪽을 주었다는 식으로 말했는데…

솔직히 나는 이해가 안 되더군.

무엇 때문에 고작 도구의 이름에 구애받을 필요가 있지?"

……!

"설마… 쉐라에게도 그렇게…?"

"그렇게 대답했지. 마족의 부정적인 감정도 꽤 맛이 괜찮더군."

이 녀석….

전에 궁전에서 만난 쉐라가 묘하게 여유가 없어 보였던 건 그 때문이었나?

모시는 자로부터 '도구'라는 말을 듣게 되어서.

쉐라를 동정할 생각은 조금도 없다.

그러나… 이 녀석을 내버려둘 수는 없다.

"해치우겠어."

나는 말했다. 정면으로.

"분명 너의 힘은 압도적일지도 몰라.

하지만…

해치워 보이겠어!"

"푸하하하하하하! 배짱 한번 좋구나!

재미있어!"

다이나스트(패왕)의 웃음소리가 다시 울려 퍼졌다.

내 말에 그는 발걸음을 멈추고 대검을 척! 내밀면서 외쳤다!

"좋다!

그 도전 받아들이지!

나 다이나스트(패왕) 그라우쉐라의 이름을 걸고!

덤벼라! 생명을 가진 자들이여!"

—그것이…

싸움의 시작을 알리는 종이 되었다.

"펠자레이드!"

그라우쉐라의 말이 끝난 그 순간.

루크와 미리나 두 사람은 외워두었던 주문을 동시에 쏘았다!

두 줄기 빛은 다이나스트(패왕)의 몸에 정통으로 명중했고….

"나와의 싸움을 시작하는 공격치곤 조금 화려함이 떨어지는
군."

그것이 그라우쉐라의 반응이었다.

"아닛…?!"

놀라 소리치는 두 사람.

그리고 빛이 허공을 갈랐다.

멤피스의 '제나파'가 쏜 레이저 브레스!

"그렇게 허약한 '빛'으로…."

다이나스트(패왕)가 뻗은 왼손에서 만들어진 작고 검은 구슬이
빛줄기를 삼켜버렸다!

"내가 가진 '어둠'을 깨뜨릴 수 있을 거라 생각하느냐!"

다이나스트(패왕)는 한 발짝도 움직이지 않았다.

"오오오오오오오오!"

멤피스가 쏜 빛의 궤적을 따라 가우리가 달려 나갔다!

캉! 카앙!

날카로운 기합과 함께 잇달아 펼쳐진 공격을 다이나스트(패왕)의 대검이 막고 튕겨냈다.

"호오. 괜찮은 솜씨로군!

재밌어! 한번 겨뤄보자!"

두 줄기 은색 빛은 공격할 때마다 속도를 더해서 청아한 소리를 내며 허공을 메웠다.

"브라바저드 플레어!"

그때 옆에서 끼어든 건 미르가지아 씨의 공격 주문!

그러나!

퍼엉!

그라우쉐라가 왼손을 한 번 휘두르자 빛은 궤도가 변경되어 천장을 꿰뚫었다.

촤악!

그것은 천장의 일부를 증발시키며 구멍을 뚫고 어딘가로 날아가버렸다.

"풍류가 없군!"

외치며 다이나스트(패왕)는 인팔을 휘둘렀다.

콰앙!

"……!"

만들어진 충격파에 미르가지아 씨는 소리 한 번 지르지 못하고 날아가버렸다!

콰광!

미르가지아 씨의 몸은 대리석 기둥을 부수고 날아가 바닥에 딩굴었다.

"아저씨!"

울려 퍼지는 멤피스의 비통한 외침.

"나는 지금 이 인간과 놀고 있으니까!

쓸데없는 방해는 하지 마라! 용!"

그렇게 말하고 다시 가우리와의 칼싸움에 집중했다.

—물론.

미르가지아 씨에게 왼손을 휘둘렀을 때에도 다이나스트(패왕)는 가우리를 상대하고 있었다.

—그렇다. 오른팔 하나로.

가지고 놀고 있는 것이다.

다이나스트(패왕) 자신이 말한 것처럼.

허나….

"얕보지 마라아아아아아아!"

카가강!

가우리의 검은 한순간 그라우쉐라가 휘두른 검을 비껴나갔고

….

팍!

한 줄기 빛이 되어 다이나스트(패왕)의 왼쪽 어깨에 명중했다!

"호오, 대담하군."

희미한 웃음조차 머금고 다이나스트(패왕)는 말했다.

"아닛…?!"

몸을 뒤로 빼고 곤혹스러운 표정을 짓는 가우리.

"통하지 않는 건가…?!"

그 중얼거림에 다이나스트(패왕)가 대답했다.

"아니. 통하긴 했다.

물방울이 돌을 때린 정도로는 말야.

낙담할 것 없다, 검사.

네 실력은 훌륭해.

그러나 그런 검으론…

소용없다."

"라 틸트!"

'그럼 이 주문은 어때?'라고 말하는 것처럼 미리나가 만들어낸 푸른색 빛의 기둥이 다이나스트(패왕)를 휘감았다!

정령마법 최강의 공격 주문!

그러나!

파앗!

그라우쉐라의 대검은 자신을 감싼 빛의 기둥을 일격으로 베어 버렸다.

"괴물인가?!"

드물게도 미리나의 목소리에서 조바심이 느껴졌다.

"아니!

너희들이 너무 약할 뿐이다!

결국 생명이라는 그릇에 묶여 있는 한…

읏?!"

키잉!

이야기 도중에 다시 베어온 가우리의 검을 다이나스트(패왕)가 막아냈다.

"견제할 생각이냐? 그걸로?"

목소리에 조소하는 빛이 어렸다.

그러나… 그게 아니다.

내가 아는 가우리는 좀 더 멍청하다.

"얕보지 마라! 누가 견제 따윌!"

가우리의 검이 더욱 속도를 높였고 칼끝이 여러 번 다이나스트(패왕)의 갑옷을 스쳤다.

"물방울로 돌을 깨뜨려 보이겠다고 말하는 거야!"

거봐. 바보 맞지.

하지만….

"제정신이냐?!"

가우리의 검을 튕겨내면서 처음으로 그라우쉐라의 말에 약간의 놀라움이 섞였다.

―그랬다.

그런 바보스러움과 대담함이 지금의 우리들에겐 필요하다.

―질 생각으로 싸우면 이길 수 있는 확률도 0이 된다. 아무리 이길 확률이 낮다고 해도 반드시 이길 생각으로 싸운다!

전에 그런 말을 한 사람은 다름 아닌 나였다.

덕분에 떠올랐어, 가우리.

"제라스 브리드!"

내가 만들어낸 빛의 띠가 궤적을 바꾸어가면서 다이나스트(패왕)에게 돌진했다!

"윗!"

대검이 빛의 띠를 베어내는 틈에 가우리의 검이 다시 다이나스트(패왕)의 갑옷을 두들겼다!

"다들! 이렇게 된 이상 마구잡이로 공격하는 거야!"

내 말에 호응해서 루크가 다이나스트(패왕)를 향해 달려갔다.

미리나는 다음 주문을 외웠고 간신히 몸을 일으킨 미르가지아 씨도 옆쪽을 돌아갔다.

그리고….

"멤피스?"

그녀는 내 조금 뒤쪽에 멍하니 선 채 작게 떨고 있었다.

"정신 차려!"

"무리… 예요…!"

다가가서 말한 나에게 그녀는 가는 목소리로 중얼거렸다!

"무슨 소리야?! 평소의 기세는 어디 갔어?!"

"무리예요!"

떨리는 목소리로 고개를 젓는다.

"당신에게는… 인간에겐…

아스트랄 사이드에 있는 저것의 모습이 보이지 않으니까 그런 소리 할 수 있는 거예요!

주문 공격을 하려고 했을 때… 제나파의 아스트랄 사이드 차단 기능을 풀었을 때…

보였어요!

그곳에 있는 다이나스트(패왕)의 본체가….

펼쳐져 있는 엄청나게 큰 어둠이…!

이쪽에 있는 녀석은 그 전체 중 일부만이 구현되었을 뿐이에요!

아무리 상처를 입혀봤자 전체적으로 보면 미미한 수준이라고요.

저쪽에서 조금만 더 '힘'을 보내면 그걸로 끝.

무리예요.

무리라고요. 저런 녀석을 해치우는 건…."

그리고 다시… 그녀는 작게 고개를 저었다.

…….

"그 정도야?

네가 만난 그 '인간 여마법사'는."

"예…?"

내가 무슨 말을 꺼냈는지 한순간 이해하지 못하고 살짝 미간을 좁히는 그녀.

"미르가지아 씨는,

'그녀'를 만난 후로 네가 변했다고 했어.

난 옛날의 널 알지 못하지만 아마 지금의 너는 '그녀'를 만나기 전의 너로 돌아가 있는 것 같군.

안 그래? 메피?"

"……."

"결국 '그녀'는 너의 표면적인 부분밖에 바꾸지 못했어.

결국 그 정도였냐고…

그걸 말한 거야. 난."

같은 논법으로 멤피스 자신을 책망해봤자 겁먹은 지금의 그녀라면 아마 그 말에 수긍하는 정도로 끝났을 것이다.

그래서 나는 그녀가 존경하고 있는 '여마법사'를 들먹인 것이다.

그 뒤는….

"그 뒤는… 네 문제야.

겁을 먹고 부정적인 감정을 흩뿌려서 마족을 기쁘게 하다가 살해당하든지…

약간의 가능성에 모든 걸 걸고 싸우든지…

좋을 대로 해.

선택을 하는 건 메피 너야."

그렇게 말하고 나는 다시 다이나스트(패왕) 쪽으로 몸을 돌려

속으로 주문을 외웠다.

"메피가 아니라 멤피스예요."

그녀의 목소리는 뒤에서 들려왔다.

—그걸로… 됐어.

"루비 아이 블레이드[魔王劍]!"

가우리와 협공하는 위치에서 루크가 주문을 해방했다.

칼집에 꽂아둔 검 대신 그의 양손에서 붉은 마력의 검이 만들어
졌다.

이 세계의 마왕 루비 아이 샤브라니구두의 힘을 빌린 마검.

"큭!"

역시 그것을 제대로 맞기는 싫었는지 그라우쉐라는 가우리와
맞대고 있던 검을 거두고 푸른 마력을 칼날에 만들어낸 후 그 대
검으로 루크의 일격을 막아냈다.

카앙!

그 틈에 가우리의 검이 다이나스트(패왕)의 갑옷을 때렸고….

"에잇!"

다이나스트(패왕)가 휘두른 왼팔을 가우리는 칼자루로 막아냈
다.

막아냈지만… 그대로 뒤로 날아가버렸다.

부딪힌 순간 다이나스트(패왕)가 충격파라도 만들어낸 건지,
아니면 완력에 진 건지 그것은 알 수 없지만.

가우리가 이탈한 그 공간을 곧바로 달려온 미르가지아 씨가 메웠다.

그대로 다이나스트(패왕)의 사정거리에 들어가서 주먹을 날린다!

쿠웅!

주먹이 닿은 부분에 한순간 번뜩이는 빛.

아마 타격과 동시에 그 부분에 직접 마력을 불어넣은 것이리라.

"어림없다!"

그라우쉐라가 외치며 휘두른 왼손 일격에 미르가지아 씨는 다시 바닥을 나뒹굴었다.

그때….

"라 틸트!"

파앗!

미리나가 두 번째로 날린 라 틸트가 그라우쉐라를 휘감았다.

"소용없다!"

파직!

그러나 다이나스트(패왕)는 고함 소리 한 번으로 빛의 기둥을 부숴버린다!

카앙!

그 옆에서 태세를 바로잡은 가우리가 칼을 휘둘렀다.

그라우쉐라는 그쪽을 돌아보다가….

별안간 시선을 내 쪽으로 돌리고 왼손을 휘둘렀다.

파직!

허공에서 작은 소리가 났다.

뒤를 돌아보니 그 연장선상에는 이상하게 생긴 흰 검을 들고 있는 멤피스의 모습.

음, 공간을 뛰어넘은 멤피스의 공격을 간파하고 다른 공간에서 맞받아친 건가?

어쨌거나 지금은 연속 공격뿐!

"제라스 브리드!"

내가 쏜 빛의 띠가 똑바로 다이나스트(패왕)에게 날아갔다!

"통하지 않는다고 했을 텐데!"

빛의 띠를 맞받아치기 위해 다이나스트(패왕)는 왼손을 뻗었고

….

"제라스 팔랑크스!"

그 뒤에서 미르가지아 씨가 외쳤다.

이 협공은 피할 수 없을 터!

그러나 그때….

역시 마력을 지나치게 소비했는지 루크의 손에서 빛이 사라졌다.

오오오오오오오오오!

다이나스트(패왕)는 소리를 지르며 왼손 끝에 만들어낸 마력의 방패로 내 술법을, 자유로워진 검으로 미르가지아 씨가 쏜 광탄을 모두 떨쳐버렸다.

그때 흰 무언가가 내 옆을 지나쳐갔다.

—멤피스!

다이나스트(패왕)의 주의가 그쪽으로 기울었다.

"브레이크! 어택!"

멤피스의 목소리와 함께 선명한 흰색이 위쪽으로 도약하며 다이나스트(패왕)를 향해 레이저 브레스를 토해냈다!

"소용없다고…."

검은 구슬을 만들어내어 빛을 빨아들이려던 다이나스트(패왕)의 말이 도중에 사라졌다.

허공에 떠 있는 게 갑옷뿐이라는 사실을 깨닫고.

"……?!"

순간적으로 '제나파'를 벗어 던진 멤피스는 쓰러지듯 다이나스트(패왕)의 발밑으로 달려들고 있었다.

"룬 스트라이드!"

파앗!

빛의 창을 얻어맞은 다이나스트(패왕)의 몸이 작게 떨렸고….

퍼억!

"……!"

그녀는 그라우쉘라의 발에 걸어차여서 멀리 날아갔다!

촤아아아아아아아악!

바닥을 미끄러지며 내 옆까지 굴러 와서 그제야 멈춘다.

"메피!"

미르가지아 씨가 소리를 질렀다. 그러나 다이나스트(패왕)의 시선과 압박감 때문에 그 자리에서 움직이지는 못했다.

허겁지겁 그녀에게 달려가는 나. 그러나 내가 달려가기도 전에 흰 갑옷은 스스로 귀환해서 다시 그녀에게 휘감겼다.

―이건…?

"음,

역시 엘프는 육체적으로 약하군."

별다른 감회도 깃들어 있지 않은 어조로 그라우쉐라는 말했다.

멤피스의 공격도 거의 효과가 없었다.

"장난이… 아니군. 정말로…."

"그래?

나는 장난 정도의 힘밖에 내지 않고 있는데."

루크의 중얼거림에 대답하는 그라우쉐라.

"멤피스!"

나의 외침에 그녀는 힘없이 눈을 뜨고 어떻게든 몸을 일으키려다가….

쿡… 쿨록! 콜록콜록! 콜록!

몸을 굽히고 격렬하게 기침을 하더니… 약간의 피를 토했다.

"……!"

황급히 리커버리 주문을 외우려는 내 손을 제지하고 그녀는 중얼중얼 주문을 외운 후, 한 손을 자신의 배에 갖다댔다.

그렇군. 확실히 내가 쓰는 회복 주문보다 그녀가 '제나파'로 증폭시킨 회복 주문 쪽이 훨씬 효과가 좋겠지. 그러나 회복할 때까지의 시간을 다이나스트(패왕)가 줄지 어떨지.

　"회복하려는 거냐? 어리석구나."

　가우리와 다시 검을 맞대면서 그라우쉐라는 여유로운 말투로 말했다.

　"얌전히 죽음에 그 몸을 맡기는 게 좋았을걸.
　굳이 다시 고통을 선택하는 거냐?"

　—완전히… 가지고 놀고 있다.

　확실히 그가 마음만 먹는다면 우리들 전원을 별달리 시간도 들이지 않고 해치울 수 있을 것이다.

　그렇다면… 그럴 마음을 먹기 전에 단숨에 승부를 거는 수밖에 없는데….

　멤피스는 벌써 회복 주문이 효과를 발휘했는지 간신히 상체를 일으켰다.

　"너무 무모했어."

　"무리… 하지 않고 이길 수 있는 상대라고 생각해요?"

　내 말에 미소를 머금고 대답하는 그녀.

　"못 말리겠어….
　그런데 그 '제나파'는 저 혼자 공격하고 저 혼자 돌아온 것 같은데…."

　"아… 이건 제 전용 제나파거든요.

저 이외의 말은 듣지 않고 어느 정도는 스스로 행동할 수도 있어서….”

흠….

“그럼…

조금 무리한 부탁을 해도 될까?”

“다이나스트(패왕) 그라우쉐라!”

가우리와 여전히 칼을 맞대고 있는 다이나스트(패왕)를 노려보며 나는 소리를 질렀다.

“한순간…

그 한순간에 우리들 모두가 최대한의 힘을 쏟아붓겠어!”

“해보도록 해라! 좋을 대로!”

다이나스트(패왕)가 말했다. 여유로운 표정을 숨기지 않고.

그럼… 간다!

—4계의 어둠을 다스리는 왕이여

　그대 한 조각의 인연에 따라

　그대들 모두의 힘으로

　나에게 더 큰 마력을 부여하라

몸에 부착한 네 개의 부적은 내 ‘힘 있는 말’에 따라 빛을 내뿜으며 내 마력을 일시적으로 증폭시켰다.

그리고… 나의 시선을 신호로 멤피스가 달렸다. 다이나스트(패왕)를 향해.

그 뒤를 따라 나도 달리기 시작했다. 속으로 주문을 외우면서.

멤피스가 다이나스트(패왕)에게 달려들었고.

"시간차 연계 공격 따윈… 소용없다!"

외치는 그라우쉐라의 눈앞에서 흰 그림자가 허공에 떴다!

"얕보지 마라! 나 다이나스트(패왕)에게 같은 수법이 두 번 통할 것 같으냐?!"

가우리의 검을 크게 튕겨내더니 허공에 뜬 '제나파'는 무시하고 발밑을 베어낸다! 얕보고 있는 건 네 쪽이야. 다이나스트(패왕)를 상대로 같은 수법을 두 번 쓸 리 없다고!

'제나파'를 벗은 멤피스는 착지와 동시에 크게 뒤로 도약했다! 다이나스트(패왕)의 검은 그저 바닥만을 긁었을 뿐!

그리고!

촤악!

변형한 '제나파'가 다이나스트(패왕)의 온몸에 휘감겼다!

"아닛?!"

처음으로 그라우쉐라가 명백히 놀란 소리를 냈다.

이해를 못 한 것이리라. 무엇을 할 생각인지.

—이럴 생각이야.

"실드[封印]!"

그 순간 멤피스의 명령에 따라 '제나파'의 기능 중 하나가 발동했다!

즉… 아스트랄 사이드와 장착자의 완전한 격리!

그렇다! 이쪽에서 구현된 그라우쉐라와 아스트랄 사이드에 있는 그 본체를 '제나파'로 분리한 것이다!

"이것… 은…?!"

역시 경악하는 다이나스트(패왕)! 그리고!

"루비 아이 블레이드!"

루크가 오늘 두 번째의 마력검을 발동시켜 다이나스트(패왕)를 베어갔다!

"어림없다!"

대검에 마력을 불어넣어 막아내는 다이나스트(패왕). 움직임은 확실히 방금 전에 비해 무뎠다.

그 반대쪽에서….

"오오오오오오오오!"

가우리의 일격이 날아왔다!

그러나 다이나스트(패왕)는 그쪽을 상대하지 않았다. 아무리 힘이 반감… 혹은 그 이하가 되었다고 해도 그의 검이 일격 정도라면 상처다운 상처는 입히지 못한다.

그러나 가우리의 검이 다이나스트(패왕)에게 명중한 그 순간!

오오오오오오오오오오!

미르가지아 씨가 용의 외침을 내질렀고….

그에 호응해서 가우리가 들고 있던 검의 몸체에 붉게 빛나는 문양이 떠올랐다!

―저건 미르가지아 씨가 그려주었다는 그….

―그렇구나! 미르가지아 씨는 저 문양을 용의 피로 그렸던 거야! 그것도 아마 자기 자신의!

문양이 그려진 검의 도신이 미르가지아 씨의 '힘'과 공명해서 다이나스트(패왕)의 몸에 박혔다!

"커헉!"

다이나스트(패왕)가 작은 비명을 질렀다.

약간이긴 하지만 확실히 효과가 있다!

그라우쉐라는 왼손을 뻗어서 주저 없이 그 검을 붙잡았다.

우직!

강철이 비명을 지르는 작은 소리.

"건방진 녀석!"

채애애애애앵!

고함 소리와 함께 다이나스트(패왕)는 손의 힘으로 검을 부숴버렸다!

―그리고….

나타났다.

부서진 도신 안에서 그보다 조금 작은 검이.

"아닛!"

"……?!"

전원이 경악한 표정을 지었고….

"블래스트 소드[新如劍]!"

미르가지아 씨의 목소리와 함께 연보라색으로 빛나는 검이 다이나스트(패왕) 그라우쉐라의 옆구리에 깊숙이 박혔다!

"크으으으으으으으으!"

그라우쉐라의 비명이 울려 퍼지며 칼놀림이 무디어졌다.

그 틈을 타서….

촤악!

루크의 검이 배를 베었다!

쿠오오오오오오오오오!

인간과는 동떨어진 목소리로 비명을 지르는 다이나스트(패왕)의 시선이 정면에서 멈추었다.

─그렇다. 다가오는 나에게.

─악몽의 왕의 한 조각이여
　세상의 징계에서 풀려난
　얼어붙은 허무의 칼날이여
　내 힘 내 몸이 되어
　함께 멸망의 길을 걸을지니
　신들의 혼조차도 깨뜨리는…

다이나스트(패왕)는 알고 있었을 것이다. 내가 로드 오브 나이트메어의 힘을 빌린 허무의 칼을 쓸 수 있다는 사실을.

그라우쉐라는 대검을 휘둘렀다.

칼날로 마력의 충격파를 만들어내어 나의 접근을 막을 생각이었을 것이다.

그러나 대검은 바람을 가르는 소리만을 냈을 뿐.

제나파로 아스트랄 사이드를 봉인당한 장착자는 접촉형 이외의 마력 공격을 일절 받지 않는 대신, 자신도 마력 발동이 불가능해진다.

—멤피스의 명령으로 제나파가 그 봉인을 풀지 않는 한.

그 말을 나에게서 들었기에 미리나는 움직이지 않았던 것이다.

그리고 다이나스트(패왕)는 그것을 알지 못했다.

상처를 입고 대검을 크게 휘두른 그라우쉐라에게 큰 허점이 생겨났다!

놓치지 않고 그곳으로 달려가는 나!

그리고….

"라그나 블레이드[神滅斬]!"

—소리도 없이….

만들어진 어둠의 칼날은 다이나스트(패왕) 그라우쉐라의 몸을 좌우로 갈라 베어버렸다.

쨍강….

가볍고 날카로운 소리를 내며 흰 갑옷이 바닥에 떨어졌다.

방금 전까지 그것을 입고 있던 자… 다이나스트(패왕) 그라우쉐라의 소멸에 의해.

"해치운… 건가…?"

"이쪽에 있는 녀석은."

가우리의 물음에 차가운 바닥에 주저앉은 채 나는 말했다.

"아스트랄 사이드에 있는 녀석의 본체와… 이쪽에 출현한 이른바 말단 부분을 '제나파'로 분리하고…

그 말단 부분을 겨우 지금 해치운 거야."

"이봐! 잠깐만! 그럼 본체는 무사하다는 소리야?!"

역시 힘이 다해 바닥에 주저앉아 있던 루크가 내 말에 소리를 질렀다.

"그래…."

"'그래'라니… 그럼 녀석이 또 나올 수도 있다는 말이잖아!"

"그렇겠지….

물론… 힘이 쇠약해져서 약해진 자신의 모습을 다른 사람들 눈에 보여줄 생각이 그라우쉐라에게 있을 경우의 이야기이지만…."

"아마 그런 일은 없을 거다."

미르가지아 씨가 내 말을 이어받았다.

"그래.

그래서… 이걸로 끝이야."

나는 옆에 서 있는 멤피스를 돌아보았다.

"무리한 요구를 들어줘서 고마워.

수고했어, 멤피스."

"메피…

라고 불러도 돼."

말하고 나서 그녀는 작게 미소를 지었다.

이별은 길 위에서 이루어졌다.

아침 햇살이 비치는 가이리아 시티의 큰길에는 가게를 열기 시작한 노점상과 오가는 사람들의 모습이 보였다.

성 폐쇄도 풀리고 밤마다 출현하던 데몬도 사라져서 가이리아 시티는 조금씩 예전의 활기를 되찾아가고 있었다.

다이나스트(패왕)와의 사투가 끝난 지 며칠 후.

제반 처리가 끝나서 겨우 우리들에게 떠나도 된다는 허가가 떨어진 건 오늘 아침의 일이었다.

"큰일이구나. 이 마을도."

"뭐, 마이어스 같은 사람이 있으니 원래대로…

아니, 그 이상으로 좋은 곳이 될 거야. 분명."

왠지 먼 산을 보는 듯한 눈으로 말하는 가우리에게 나는 무책임하게 말했다.

―결국.

사후 처리의 대부분은 우리들로부터 사정을 전해들은 알스 전 장군이 성에 있는 사람들과 안면이 있는 것을 이용해서 처리해주었다.

―말이 쉽지 아마 죽을 만큼 힘들었을 것이다.

아무튼 국왕을 비롯해서 고관 두 명과 몇 사람이 하룻밤 만에 성에서 사라진 것이다.

그런데도 소란이 안 일어날 리가 없다.

성안에서 어떤 이야기가 오갔는지, 알스 전 장군이 어떤 식으로 사람들에게 설명했는지 우리들은 모른다.

어쨌거나 사건이 일어난 지 불과 며칠 후에 국왕이 병사했다는 '공식 발표'가 나왔고 사태는 해결되었다.

나는… 이렇게 생각하고 있다.

알스 전 장군은 왕과 마족이 뒤바뀌었다는 사실을 있는 그대로 설명한 게 아닐까?

그리고 사람들을 설득하는 가장 손쉬운 방법을 택한 게 아닐까?

즉… 보여준 것이리라.

궁전의 어느 방에 유폐되어 있던 두 개의 고깃덩어리를.

—물론 어디까지나 상상이지만.

어쨌거나 그동안 우리 여섯 사람은 알스 전 장군의 저택에 '보호'라는 명목으로 체류하고 있었다.

뭐… 다소 정신적으로 답답한 부분은 있었지만 그렇다고 마이어스의 좁은 방에 전원이 들어갈 수도 없는 노릇이고 여관비와 식사비도 아낄 수 있었다.

—제이드에 대해 들은 마이어스는 꽤 낙담한 듯했지만.

그 마이어스에게도 방금 전 인사를 끝마치고 왔다.

―한때는 고향으로 돌아갈까도 생각했지만… 역시 이 마을에서 최선을 다해볼까 합니다. 제가 뭘 할 수 있는지는 모르겠지만… 조금이라도 이 마을에 도움이 되면 좋겠군요.

겸연쩍은 미소를 지으며 그는 그렇게 말했다.

뭐, 나와 루크가 그것 때문에 실컷 놀려댔기에 반쯤 삐진 것 같지만.

"그럼 이걸로 이별이군."

그렇게 말한 미르가지아 씨와 옆에 서 있는 멤피스에게 가우리는,

"그럼 두 사람은 산으로 돌아가는 거야?"

"산으로 돌아간다는 말은 안 했으면 좋겠는데."

"그러니까 우리들이 짐승 같잖아요."

"아아아아아아. 죄송해요. 죄송해요."

두 사람이 바짝 다가와서 노려보자 황급히 손이 발이 되도록 비는 가우리.

"뭐… 확실히 드래곤스 피크는 산이고… 메피의 마을도 산속에 있기는 하지만….

어쨌거나 우리들은 좀 더 이곳저곳을 돌아다닐 생각이다.

결국… 다이나스트(패왕)가 실제로 무엇을 꾸미고 있는지는 모른 채 끝났고,

따라서 계획이 재발할 위험성이 있을지도 모르니까."

―그랬다.

확실히 그 말대로였다.

일단 그라우쉐라와 싸워 이기긴 했지만 그 본체는 아직 죽지 않았다.

그리고 결국 다이나스트(패왕)가 무엇을 꾸미고 있었는지도 알지 못한 채 끝난 것이다.

각지에서 있었던 데몬 대량 발생이 진정되었는지 어떤지… 그것은 잠시 상황을 살피지 않으면 뭐라고 말할 수 없지만…

어찌 됐건 모두 해결되었다고 말하기는 어렵다.

아직까지 침묵을 지키고 있는 그레이터 비스트(수왕) 제라스 메탈리옴과 디프 시(해왕) 달핀이 뒤를 이어 움직이지 않는다는 보장도 없다.

―하지만 어쨌거나… 지금은….

"아참."

미르가지아 씨는 문득 떠올린 듯 품속에서 작은 가죽 주머니를 꺼내어 우리 네 사람에게 건넸다.

"약속한 무기는 결국 주지 못했으니,

도와준 사례… 랄까, 수수료 같은 거라고 생각하도록 해."

가우리는 주머니 안을 들여다보고,

"자갈…?"

"오리할콘이야, 오리할콘."

"우와아아아아아. 죄송해요. 죄송해요."

다시 바짝 붙어서 노려보자 다시 손이 발이 되도록 빈다.

……

음? 오리할콘?!

"히이이이이이이익?!"

나와 루크, 그리고 미리나조차 무심코 소리를 지르며 주머니 안을 확인했다.

아… 정말이다….

주머니는 그리 크지 않지만 안에는 자갈 크기의 오리할콘이 꽉 차 있었다.

아마 이것만 해도 금화로 환산하면 백 개의 가치는 있을 것이다.

"저기, 가우리, 그 주머니 나 주면 앞으로 열흘간 쭉 내가 밥 살게♡"

"오오! 정말이야?! 리나?!"

"이봐, 이봐…. 그런 사기꾼 같은 짓을 하면 어떡해…."

"'사기꾼 같은'이 아니라 '완전히' 사기야."

나와 가우리의 교섭에 핀잔을 날리는 루크와 미리나.

"하지만 정말 괜찮겠어요? 이걸 받아도."

묻는 미리나에게 미르가지아 씨는 작게 고개를 끄덕인다.

"드래곤스 피크에는 채취할 수 있는 곳이 있다.

나도 주운 거나 마찬가지이니 개의치 말고 받도록 해라."

뭣이?! 드래곤스 피크에 그런 곳이?! 칫! 그럴 줄 알았다면 지난번에 갔을 때 뒤져볼걸! 뭐, 그때는 그럴 상황이 아니었지만.

하지만 뭐… 이걸로 일단은 안심이다. 사실 까딱 잘못했으면 이번엔 완전히 공짜로 일한 셈이 될 뻔했다.

처음엔 미르가지아 씨 일행이 만든 무기를 수입으로 대신하려고 했는데 엘프 마을에 가기 전에 여기서 사건과 맞닥뜨리고 말았고, 의뢰비를 준다던 제이드는… 그렇게 되어버렸으니….

그렇다고 별로 수입이 많아 보이지도 않는 마이어스에게서 의뢰비를 챙길 수도 없는 일이었다.

─이번 일로 가우리가 가지고 있었던 검의 정체가 판명된 게 수확이라면 수확일 수도 있겠지만.

─전설의 검 블래스트 소드.

무엇 때문에 칼날 바깥쪽에 또 하나의 검을 덮어씌운 건지….

그 이유는 금방 알 수 있었다.

과연 전설의 검답게 그 예리함은 초일류… 아니, 비상식적.

실수로 칼을 떨어뜨렸는데 그것이 돌바닥에 박히더니 돌을 베면서 옆으로 쓰러졌고, 칼집에 넣어서 한 번 휘두르자 이번엔 칼집이 두 동강이 났다.

게다가 칼집이 나무나 가죽으로 만들어져 있다면 칼을 넣을 때 감촉도 없이 칼집을 베어버린다.

너무 위험해서 가지고 다닐 수도 없잖아, 이거….

이런 걸 들고 어슬렁어슬렁 걸어가다가 잘못 넘어지기라도 하면 검은 칼집을 두 동강 내고 닿은 것 모두를 썩둑썩둑 베어버릴 것이다.

이런 자동 절단기 같은 물건은 가지고 다닐 수 없다.

이래선 전설의 명검이라기보다는 예리함만을 지나치게 우선시해서 만든 단순한 바보 아이템이다.

아마 누군가가 그런 단점을 보완하기 위해 검날에 강도가 높은 강철을 감아 예리함을 억제해서 제2의 검을 만든 거겠지.

의미가 없어…, 전혀 의미가 없어….

이번에도 결국 미르가지아 씨가 예리함을 무디게 하는 문양을 검에 그려주어 겨우 쓸 수 있는 물건이 되었다.

뭐, 그렇다고 해도 가우리가 쓰면 별로 힘을 주지 않아도 어지간한 바위쯤은 가볍게 베어버릴 수 있지만….

어쨌거나 그 점은 접어두더라도 이렇게 제대로 된 수입이 생긴 건 기쁜 일이다.

"이번에 정말 도움이 됐다, 인간들이여.

만약 또 무슨 일이 생기면 부탁하도록 하지."

"예….

아니…

미르가지아 씨가 우리들의 힘을 빌릴 만한 사건 따윈 별로 일어나지 않았으면 하지만요…."

"그건 그렇군."

말하고 나서 미르가지아 씨는 웃음을 머금고,

"그럼 우리들은 이만 가도록 하겠다.

신세 많이 졌군."

조용히 우리들에게 등을 돌렸다.

"그럼… 다들 잘 지내요."

말과 함께 윙크를 하고 메피가 그 뒤를 따랐다.

"또 봐요. 언젠가… 어딘가에서."

나는 두 사람의 등에 대고 그렇게 외쳤고….

이윽고.

황금 용의 장로와 흰 갑옷을 두른 엘프 소녀의 모습은 거리에 불어난 사람들 속으로 사라져갔다.

"그럼 너희들은?"

돌아보고 묻는 나에게 루크는 가슴을 펴고,

"당연한 걸 묻고 있네.

우리들은 트레저 헌터라고. 지금까지처럼 여행을 하면서…."

"'여행을 하면서 오붓하게 사랑을 불태운다' 같은 소리는 하지 마."

"……."

빈틈없는 미리나의 핀잔에 아무래도 정곡을 찔린 듯 완전히 경직되는 루크.

으음… 갈 길이 멀어 보이지만 열심히 해, 루크.

"그럼…."

"또…."

누구랄 것도 없이 그렇게 말하고 나와 가우리 두 사람과 루크와 미리나 두 사람은 다른 방향을 향해 걸어갔다.

"그러고 보니…."

가우리가 생각났다는 듯 말한 건 그로부터 얼마쯤 지난 후였다.

"이제 우리들은 어떻게 하지?

'빛의 검을 대신할 검을 찾는다'는 것은… 이걸 찾았으니 됐고
…."

"아…."

가우리의 지적에 나는 작게 소리를 냈다.

으음… 그러고 보니 그런 이야기를 한 것 같은 느낌도….

하지만 검이 발견되었다고 하면….

"뭐, 좋아."

말하고 나서 가우리는 왼손으로 내 머리를 쓰다듬었다.

"음…? 좋다니, 뭐가…?"

"너랑 함께 여행하는 데 따로 이유 따윈 필요 없잖아.

뭐, 내키는 대로 여행을 해보는 것도 좋지 않겠어?"

"그건 그래…."

난폭하게 머리를 쓰다듬는 가우리의 손이 왠지 묘하게 기분 좋
았다.

— 14권에 계속 —

작가 후기

작가 + L

작 : 슬슬 냄비요리가 맛있어지는 계절!

　　이러니저러니 하여 신장판 「강마의 이정표」를 보내드렸습니
　　다!

L : 중간관리직이 박살나는 이야기지.

작 : 중간관리직이라고 하지 마. 불쌍해지잖아.

　　물론 작중에서는 고래 싸움에 새우등 터지듯 고생길이 열리
　　지만.

　　자, 여기서 고백합니다.

　　이미 눈치채신 독자분도 계시겠지만, 실은 제가 구판 「강마의
　　이정표」에서 새빨간 거짓말을 했습니다.

L : 헤에, 무슨 소릴까?

작 : 이런 소릴 한 적이 있거든.

　　무엇이 대체 강마의 이정표인 것일까. 본편을 읽어봐도 이해
　　가 안 된다. 담당 편집자와 회의하며 타이틀을 무엇으로 정할
　　까 고민하다, 쌍방 모두 뇌가 녹아내려서 "그럼 폼 나 보이는

이걸로 하자"라고 정하다 보니 내용과 타이틀이 전혀 안 맞는
이야기가 됐다.

ㄴ : 그렇지, 그런 소릴 적었었지.

작 : 실은 지난 권과 이번 권이 딱 도표가 되어주고 있습니다.
　　결정타는 다음 권이지만.

ㄴ : 그렇지만 그런 소릴 적으면 재미가 없을 테니 거짓말을 했다?

작 : 에헤.

ㄴ : 에헤는 무슨. 재수 없게.
　　그런데 구판의 후기에서 그렇게 거짓부렁을 늘어놓고, 이제
　　와서 털어놓아도 되는 거야?

작 : 구판 때에는 다음 권, 최종권이 나올 때까지 시간이 꽤 걸리는
　　지라 스포일러를 막기 위해 저렇게 적었지만 이번에는 앞으
　　로의 전개를 이미 알고 있는 분들도 많을 테고, 최종권까지 동
　　시에 발매되니까.
　　괜찮지 않을까?

ㄴ : 스포일러를 막기 위해 거짓말을 했다면 어쩔 수 없나….
　　…헉! 그렇다면 지금까지 후기에서 내가 등장하는 외전 같은
　　건 나오지 않는다 한 것도…!
　　실은 기획을 들키지 않기 위한 거짓말!?

작 : 아니, 그건 한 점의 거짓말도 없는 진실이니까.

ㄴ : 그래, 그렇겠지. 그렇게 말할 수밖에 없겠지. 그래그래.

작 : 아니, 그러니까…

L : 그래, 이해해, 이해해.

그럼 여러분! 가까운 시일에 서프라이즈 공지가 있을지도 몰라요!

작 : 그런 건 없다니까!

L : 그럼 다음 권 후기에서 만나요~.

작 : 사람의 말을 들으라고ㅇㅇㅇㅇ!

후기 : 끝

※ 이 책은 이전에 발행되었던 「슬레이어즈 13 강마의 이정표」를 가필수정한 것입니다.

슬레이어즈 13
강마의 이정표

1판 1쇄 인쇄   2020년 8월 8일
1판 1쇄 발행   2020년 8월 15일

지은이   Hajime Kanzaka
일러스트   Rui Araizumi
옮긴이   김영종

발행인   정욱
편집인   황민호
본부장   박정훈
마케팅   조안나 이유진 이수정
국제판권   이주은 김준혜

제작   심상운 최택순 성시원
발행처   대원씨아이㈜
주소   서울특별시 용산구 한강대로15길 9-12
전화   (02)2071-2018
팩스   (02)749-2105
등록   제3-563호
등록일자   1992년 5월 11일
ISBN   979-11-362-3782-8   04830

SLAYERS Vol.13 : KOMA HE NO DOHYO
ⓒHajime Kanzaka, Rui Araizumi 2008
First published in Japan in 2008 by KADOKAWA CORPORATION, Tokyo.
Korean translation rights arranged with KADOKAWA CORPORATION, Tokyo.

누계 2천만 부,
역대 최고의 라이트노벨
전설이 된 그들이 돌아왔다

리나 인버스가 마법사 협회로부터 명령받은 것은
최근 다발하는 데몬 대량 발생 사건의 진상조사와 보고.
데몬이 대량 발생했다는 딜스 왕국 쪽으로 향하는
리나와 가우리. 하지만 갑작스럽게 마족—인식명
'샤먼'의 습격을 받는다. 게다가 그 녀석을 노리는 추적자는
어디서 많이 본 인물인 루크 & 미리나!

HAJIME KANZAKA **칸자카 하지메** 일러스트 | 아라이즈미 루이 번역 | 김영종

슬레이어즈 ⑫
패군의 책동

누계 2천만 부,
역대 최고의 라이트노벨
전설이 된 그들이 돌아왔다

패왕 그라우쉐라와의 싸움에서 승리한
리나 인버스와 그 파트너 가우리.
그들의 발길이 머문 곳은 플레어 드래곤(적룡신)을 모시는
사원도시 세렌티아 시티였다.
대신관들 사이에 신관장 자리를 둘러싸고 후계자 투쟁이 발발.
마법사 협회의 중재자 역할로 소용돌이 속에 뛰어든
리나 & 가우리를 기다리고 있었던 것은—.

HAJIME KANZAKA **칸자카 하지메** 일러스트 | 아라이즈미 루이 번역 | 김영종

슬레이어즈 ⑭
세렌티아의 증오